Dies ist die Geschichte des Bauern Tanner und seiner Frau, die buchstäblich an den Rand ihrer Welt geraten. Ihr Hof mit den paar Kühen wirft gerade genug zum Leben ab. Doch dann tun sich in seinem Land, völlig unerklärlich, zwei riesige, bodenlose Löcher auf. Sind sie Omen, Strafe, Zufall? Tanner will erst keine Hilfe annehmen, er will das Richtige tun und tut deshalb das Falsche. Er muss zusehen, wie sein einfaches, stilles Leben auseinanderfällt.

In präziser und poetischer Sprache erzählt Lukas Maisel von Natur und Gemeinschaft und davon, wie das Unbegreifliche in die Wirklichkeit einbricht – und bleibt.

«Eine Wesensstudie von Mensch und Tier und den Bedingungen, denen ihr Nutzen aneinander unterliegt. Ein äußerst kraftvolles Textwerk.»
Katja Brunner

LUKAS
MAISEL

TANNERS ERDE

NOVELLE

ROWOHLT

Originalausgabe
Veröffentlicht im Rowohlt Verlag, Hamburg, August 2022

Covergestaltung Anzinger und Rasp, München
Coverabbildung Hans Emmenegger, Anfang März, 1902/
photo courtesy Beurret Bailly Widmer Auktionen
Buchgestaltung Anja Sicka, Hamburg
Satz aus der Arek Latin bei Dörlemann Satz, Lemförde
Druck und Bindung CPI books GmbH, Leck, Germany
ISBN 978-3-498-00308-1

Whoever's is the soil, it is theirs
all the way up to Heaven and down to Hell.
Englisches Grundbesitzrecht, 14. Jhd.

1

Der Tanner steht im Stall, die Stiefel im Mist, er schaut auf sein Braunvieh, auf die Carmen, die Fiona, das Vreni: Am Gesicht erkennt er sie. Er klopft die Kühe ab, eine nach der anderen, schön hintendrauf geklopft, die mögen das. Tanner hat ein Lied auf den Lippen, er singt: Es Buurebüebli magi nöd, er klemmt die Zitzen zu, bis Milch spritzt, wischt mit Holzwolle drüber, setzt Melkbecher an. Die Kühe lassen sich die Milch widerspruchslos absaugen, fidiri. Die Maschine saugt wie ein Kalb, fidirallala.

Der Frühling weht zur Stalltür rein, die Kühe tänzeln übermütig. Auf die Weide will er sie heute lassen, das erste Mal nach dem Winter. Nur das Vreni lässt den Kopf hängen, Tanner befühlt ihre Hörner, sie sind kalt. Und als er die Kuh anmelkt, weiß er, was los ist: Eine Zitze ist hart, das Vreni hat ein hartes Viertel. Er melkt die anderen drei Zitzen in den Kübel, diese Milch gibt er nicht in die

Molkerei. Die Bella hat sich hingelegt nach dem Melken, was Tanner nicht gern sieht: das Euter im Schmutz. Ihr solls nicht wie dem Vreni ergehen, sie soll nicht auch ein hartes Viertel kriegen, drum scheucht er die Kuh auf.

Als er mit dem Melken fertig ist, reinigt er das vierarmige Geschirr im Steintrog, reinigt es mit Bürste und Kaltwasser. Im Kübel holt er Heißwasser ran, Dampf steigt auf, in den Abfluss des Trogs strudelt milchiges Wasser, das sich langsam klärt. Den Kübel mit Vrenis Milch leert er aus, füllt ihn mit Wasser, stellt ihn dem Stier hin. Der steht abseits im Stall und hat keinen Namen, er ist einfach der Muni. Der Muni kämpft manchmal gegen die Holzwand rechts, schon ganz ausgewetzt ist die Stelle von seinen Hörnern.

Wenn der Muni gegen die Holzwand kämpft, denkt Tanner an den Stierkampf, den er auf einer Insel gesehen hat. Der blutende Stier mit den Speeren im Nacken zerriss ihm das Herz. Marie fragte: Ist alles in Ordnung? Und er nur: Die Hitze macht mich kaputt. Ihr sagen, dass ihm gerade das Herz entzweigeht, das konnte er nicht. Bis zum Ende blieben sie, und Tanner musste mitansehen, wie sie den Stier erledigten. Immer wieder fuhr er mit dem Taschentuch über sein Gesicht, um den Schweiß wegzuwischen, nur war es kein Schweiß, den er wegwischte.

Nie lässt er den Muni aus dem Stall, seinem Vater selig hat ein Stier ein Auge ausgestoßen. Wenn eine Kuh stierig ist, führt er den Muni an einem Strick am Nasenring nach draußen, wo die Kuh bereitsteht. Von künstlicher Besamung hält Tanner nichts, es muss schon ein Natursprung sein. Nach dem Sprung kommt der Muni zurück in den Stall, wo er wieder gegen die Holzwand kämpft.

Da knattert ein Traktor auf den Hof, es ist der Straub von der Molkerei, der kommt die Milch holen. Tanner hilft ihm, die Milchkannen auf die hintere Schaufel des Traktors zu drehen.

«Hast auch schon mehr Milch gehabt, Ernst.»

«Das Vreni hat ein hartes Viertel.»

«Hast du gehört, der Joho steigt um auf Fleisch. Muttertierhaltung. Schottische Hochlandrinder.»

«Wundert mich nicht. Es gibt Mineralwasser, das mehr kostet als Milch.»

«Ich mach die Preise nicht.»

«Das sagst du immer.»

«Jeder melkt so viel Milch ab, wie er kann. Drum sinkt der Preis. Und weil der Preis sinkt, versucht jeder, noch mehr Milch abzumelken. Der Milchsee ist der größte See in diesem Land.»

Die Milchkannen sind auf der Schaufel, Straub hebt die Hand zum Gruß, knattert davon.

Tanner hat sich den Dreck von den Stiefeln gespritzt, öffnet die Haustür. Das Erdgeschoss war früher der Stall, bis sein Vater einen gesonderten baute. Jetzt ist das Erdgeschoss ein Keller, hier lagert Most in Korbflaschen und der Obstler, den der Störbrenner ihm aus Fallobst brennt. Er zieht die Stiefel aus, steigt die Treppe in Socken hoch, setzt sich auf die Bank vor der Stube. Gerümpel liegt hier herum, Bananenschachteln, Blumentöpfe, ein Handschuh, eine gemalte Flamenco-Tänzerin aus den letzten Ferien. Wie lang sind die jetzt schon wieder her, neun, zehn Jahre? Die Theres hat bald darauf gekalbt, und das Kalb haben sie Palma genannt, die ist jetzt – wie alt? Neun Jahre, nicht zehn. Da steht auch ein Spiegel, staubig und fast blind. Tanner sieht einen Bauern, der sich umzieht. Die Stallkleidung riecht sauer und wird getauscht, runter mit den Hosenträgern, anderes Hemd, andere Hose, und schon riecht Tanner nicht mehr nach Stall.

Er tritt in die Stube, stellt sich an die Türzarge, kratzt sich rauf und runter den Rücken. Die Marie sitzt strickend auf der Liegebank vorm Kachelofen. Der nimmt groß und grün die Zimmerecke ein, Katzen rekeln sich auf ihm. Die Katzen haben, wie der Stier, keine Namen. Manchmal tauchen neue auf, dann verschwinden wieder welche, es lohnt nicht, ihnen Namen zu geben.

Marie lächelt leise, als sie sieht, wie er sich kratzt. Sie sagt immer: Das hast du dir von deinen

Kühen abgeschaut, die kratzen sich genau so an den Ästen.

Dem Tanner wirds warm im Brustkorb, wie er sie so lächeln sieht, am liebsten würd er ihr die Stirn küssen. Zu einem Dutt geknotet ist ihr Haar und grau, doch sieht er immer noch die junge Frau, die er geheiratet hat. Aber das geht nicht, er kann ihr nicht einfach die Stirn küssen, sie würd erschrecken und fragen, was denn los ist. So setzt er sich an den Tisch, vor seine Schüssel Milchkaffee, die schon bereitsteht. Er zerreißt eine Brotscheibe, gibt die Mocken hinein, schlürft einen Schluck. Er greift zum Amtsblatt.

«Was willst du essen zu Mittag? Gerstensuppe könnt ich machen, es hat noch Gerste, die wegmuss.»

Tanner nickt abwesend, blättert weiter.

«Dir sollte ich mal ein paar warme Socken stricken für die Nacht! Mich weckst du immer mit deinen Eiszapfen. Irgendwann zieh ich dir Wollsocken an, wenn du am Schlafen bist!»

Marie ist nicht böse, das kann sie gar nicht sein, viel zu gutmütig ist sie dafür. Tanner schneidet eine Scheibe Brot ab, streicht Butter drauf.

«Das Vreni hat ein hartes Viertel.»

«Jessesgott!»

«Es geht ihr gut.»

«Dann bring ich ihr später Brot vorbei.»

Tanner nickt, denn Brot hat das Vreni wirklich gern. Anders als die Palma, die liebt Äpfel, und die Petra kann nicht genug kriegen von Rotwein. Den gibt Tanner seinen Kühen, nachdem sie gekalbt haben. Die Palma hat nach einer halben Flasche genug, aber die Petra, die ist ein Süffel: leert die Flasche in einem Zug und muht dann nach mehr. Aber eine Flasche reicht, Tanner will die Kuh nicht besoffen machen.

Tanner klemmt sich die Brotscheibe zwischen die Zähne und reißt ab, einen Schluck Milchkaffee hintendrein.

«Das wird schon», kaut er.

«Soll ich der Fankhauser telefonieren?»

Tanner schüttelt den Kopf.

«Ich werds ausmelken und mit Tonerde einreiben.»

Er reißt noch ein Stück aus der Brotscheibe, Zähne mahlen. Marie sitzt eine Weile stumm da, Tanner schlürft, sie legt den Kopf zur Seite. Was jetzt wohl kommt?

Aber es kommt nichts, sie legt den Kopf wieder gerade und strickt weiter.

2

Huswil liegt inmitten rollender Hügel. Kein Flecken Land ist eben, alles Land ist gebeugt. Die Bauern mühen sich ab in den Beugen, sie mühen sich ab an den Hängen, aber sie beschweren sich nicht. Ihre Ahnen hatten es viel schwerer, auch in den Beugen, auch an den Hängen, aber mit Ochse und mit Pflug. Heutzutage gibt es Maschinen, wer will sich ernsthaft beschweren in dieser Zeit, wo einem die Maschinen so viel Mühsal abnehmen. Wer sich beschwert, der verhöhnt die Ahnen und ihre Ochsen.

Huswil ist ein Dorf wie andere Dörfer, eines, das außerhalb Huswils niemand kennt. Noch nicht. Es wird auf die Landkarte gebracht durch zwei Löcher im Acker des Bauern Tanner. Auf der Landkarte, auf der Huswil dank der Löcher zu finden sein wird, fehlen diese. Tanner aber wird sie dunkel und dampfend vor sich haben: Sie sind nicht zu leugnen.

Die Beine Tanners stehen stramm auf der Erde. Er wankt nie. Sieht man sich seine Fußspuren an, erkennt man: sauber eingetreten, nichts ist verwischt, da weiß einer, wo er durchwill. In den Beugfalten seiner Hände sitzt etwas, was nicht mehr rausgeht, vielleicht Erde. Es sitzt in den Beugfalten seiner Fingerglieder, seiner Knöchel, seiner Handteller und geht nicht mehr heraus. Die Arbeit hat seine Hände riesig gemacht, richtige Fleischhände sind das, die greifen, drehen, stoßen, heben. Wer seine Hände kennt und sie sich ruhend vorstellen will, schafft das nicht. Natürlich haben sie manchmal nichts zu tun, nichts zum Greifen, Drehen, Stoßen, Heben. Dann hängen seine Hände runter und zucken wie schlafende Hunde.

Eine Beschreibung von Tanners Äußerem folgt an anderer Stelle oder auch nicht. Vielleicht wird, wenn er sich eine schwitzige Haarsträhne aus der Stirn streicht, deren Farbe genannt. Oder, wenn er sich schnäuzt, Größe und Form seiner Nase. Dass er einen mächtigen Rumpf hat, kann man sich ja denken, einen Brustkorb und ein Herz darin, das schlägt. Von seinen Beinen war bereits die Rede, ebenso von seinen Händen. Über sein Gesicht gibt es nicht viel zu sagen, da findet sich alles Notwendige: Nase, Augen, Mund. Die Stirn etwas fliehend. Aber das ist schon alles, was sich über sein Äußeres sagen lässt.

3

Tanner bindet die Schwänze seiner Kühe los, die an eine Schnur geknotet sind. Die Schwänze sollen nicht im Dreck landen und den Stall sprenkeln, wenn sie nach den Fliegen schlagen. Er löst vorn die Ketten, und den Kühen muss man nicht zeigen, wo die Weide steht, sie rennen, springen, galoppieren hinaus. Sie freuen sich, endlich wieder Erde unter den Klauen zu spüren, endlich wieder Gras aus der Erde zu rupfen mit ihren Zungen. Alle Kühe bis auf das Vreni mit dem harten Viertel lässt Tanner auf die Weide. Hinter der letzten zieht er den Draht zu, geht in die Hocke, schaltet den Viehhüter ein. Der schickt mit regelmäßigem Ticken Wechselstrom durch den Draht. Tanner richtet sich auf, schaut über sein Land.

Was ist mit dem–

Was steht der so–

Der Kirschbaum oben neigt sich, als hätte ein Sturm ihn entwurzelt. Oder eine Familie von

Schermäusen den Wurzelstock zerfressen. Und da, gleich neben dem Baum, steigt Dampf auf, als schnaufe ein Tier Atemwolken aus. Die Krümmung des Landes verbirgt, woher der Dampf kommt. Tanner geht den Feldweg hoch. Nebelschwaden liegen auf dem Acker, grün und fußhoch steht der Weizen.

Das kann doch nicht–

Als hätte ein Riese mit einem Bohrer hantiert. Tanner muss lachen, das kann nur ein Witz sein, jemand hat ihm einen Streich gespielt. Er schaut übers Land, ob da irgendwo ein Erdhaufen ist. Nichts.

Es ist nichts, da ist nichts.

Aber genau das ist es: dass da nichts ist. Wäre um das Loch herum ebenfalls nichts, würde es nicht auffallen, auch Tanner nicht. Weil aber rundherum feste Erde steht, sieht jeder, dass da was fehlt.

Er stellt sich an den Rand des kreisrunden Lochs und schaut hinein. Tanner sieht, was ihm sonst verborgen bleibt, er staunt, wie steinig die tieferen Schichten des Erdreichs sind. Der halbe Wurzelstock hängt ins Loch, kein Wunder, steht der Baum so schräg. Das Loch hat einen Durchmesser von fünf, sechs Metern, und darin herrscht eine Dunkelheit, die unmöglich sein sollte am helllichten

Tag. Es ist die Dunkelheit einer bewölkten Nacht in den Bergen. Sein Blick fällt in die Schwärze, er beginnt, sich zu wiegen, vor und zurück wiegt er sich. An diese Dunkelheit gewöhnen seine Augen sich nicht. Der Grund ist nicht zu erkennen. Es dampft heraus, dampft dem Tanner in die Nase, kein Schwefel weiß Gott, nein, Fäulnis haucht ihn an, der Atem eines Tiers. Nicht der gärig-grasige einer Kuh, der Atem eines Allesfressers.

Tanner bemüht sich zu denken, was nicht so leicht ist: in eine Leere schauen und denken. Die Gedanken kommen ja nicht aus dem Nichts.

Auf halbem Weg zum Haus schaut er über die Schulter zurück, obs noch da ist, das Loch. Knarrend trägt er sich die Stufen hoch, in die Stube hinein, bleibt vor dem Kachelofen stehen. Marie ist zum Glück nicht da. Das Fenster steht offen, das Innere des Hauses ächzt, seufzt. Verflucht sei der Acker um deinetwillen.

Tanner weiß nicht, was, und er weiß nicht, wie.

Er nimmt die Kanne, schwenkt sie, es hat noch Milchkaffee drin. Erst mal eine Schüssel Milchkaffee, die Hand flattert, warum flattert jetzt meine Hand? Er klaubt das Gitter aus dem Brotbrett, streicht die Brosamen in die Schüssel. Stellt sich ans offene Fenster, das Loch ist nicht zu sehen, bloß die schräge Krone des Kirschbaums, der aufsteigende Dampf. Mit Kummer sollst du dich nähren dein Leben lang.

Tanner weiß nicht, was er fühlen soll, in einer solchen Lage war er noch nie. Wird man da wütend oder traurig? Er weiß es nicht. Kann nur rumstehen und Milchkaffee schlürfen, die Finger um das Schüsselchen gelegt, das isch de Tuume, de schüttlet Pfluume. Was hat er denn getan? Vor zwei Tagen ist er noch mit dem Striegler drüber, das Unkraut aus dem Weizen striegeln, und nichts ist passiert. Dornen und Disteln soll er dir tragen, und sollst das Kraut auf dem Felde fressen.

Tanner legt die Flatterhand um die Schüssel, das Flattern wird weniger. Mit Kummer dein Leben lang. Dornen und Disteln. Eine Versteifung kommt in Gang, Tanner kann sich nicht mehr regen, gerade so, als wär er aus Holz geschnitzt. Starr sind seine Beine, sein Blick kann nichts halten. Ihm läuft die Nase, er zieht hoch. Die Versteifung ist jetzt so weit fortgeschritten, dass er die Umklammerung seiner Finger nicht mehr lösen kann. Immer noch besser als das Flattern, besser verholzt und versteift als flatternd. Im Schweiße deines Angesichts sollst du dein Brot fressen, fidiri. Du bist Erde und sollst zu Erde werden, fidirallala.

Er fühlt sich hinein in die verholzten Finger, bewegt erst einen Finger, dann einen zweiten, dann die ganze Hand. Die steifen Fleischstelzen, die ihm aus dem Rumpf ragen, werden beweglicher. Er gibt ihnen den Befehl, ihn um den Tisch zu tragen, man muss sich bewegen, ist doch lächerlich. Seine Gedanken klären sich, während er den Tisch umrundet. So tief kanns nicht gewesen sein, da war er vorhin ein wenig verwirrt, als er geglaubt hat, es reiche tief, es reiche bis auf die andere Seite der Erde. Mit Kies auffüllen und fertig, muss auch niemand erfahren.

Tanner schleicht die Treppe runter, blinzelt in die Sonne, zündet sich einen Krummen an. Das macht er sonst nie so früh, noch vor dem Mittag. Die Rauchfahne zieht gerade hoch. Zurück zum Kirschbaum, der sich übers Loch neigt, geht er, stellt sich an den Rand, fällt auf die Knie. Löst einen Stein aus der Innenseite, lässt ihn fallen. Irgendwann ein dumpfer Schlag, dann noch einer, dann Stille. Tanner lacht ins Loch, er lacht den Rauch raus, dir werd ichs noch zeigen, altes Loch, wollen wir doch mal sehen, wer hier von wem gestopft wird.

Tanner will kämpfen. Er will es mit dem Schicksal aufnehmen. In der linken Ecke: Ernst Tanner, soundso groß, soundso schwer. In der anderen Ecke, viel größer, viel schwerer: das Schicksal. Wetten werden noch angenommen. Es geht um alles.

Es gibt Löcher in Wänden, in Kleidung, in Käse, in Körpern. Die Löcher im Körper haben unterschiedliche Aufgaben, aber über sie zu sprechen, verbietet der Anstand. Und vielleicht ist das der Grund, warum Tanner nicht über das Loch in seinem Acker sprechen wird. Loch ist Loch, und über Löcher spricht man halt nicht. Außer über das Loch im Herzen, das ist ein Fehler, den die Natur manchmal macht. Zum Glück gibt es Wege, das Loch im Herzen zu reparieren. Tanners Herz hat kein Loch, bloß sein Land. Ob das nicht aufs Gleiche rauskommt, muss sich zeigen.

4

Tanners Kühe stehen in der Landschaft rum und rupfen Gras aus der Erde. Sie strecken ihre grauen, glänzenden Flotzmäuler der Sonne entgegen, kauen zufrieden. Das Gras wird von Magen zu Magen geschoben, kommt ab und zu noch mal zwischen die Zähne. Rupfen, schlucken, vergären, wiederkäuen, verdauen. Die Agnes und die Fiona stehen am elektrischen Draht und glotzen zum Kirschbaum rüber, der so schräg dasteht. Die beiden kennen sich schon lang, sie lassen sich das Fell von keiner anderen lecken. Sie schauen rüber zum Loch, aber ob sie begreifen, weiß man nicht.

Tanner, zurück im Stall, klopft dem Vreni auf die Hinterschenkel, streicht ihr über den Bauch. Vorne im Trog liegen Brotreste. Wann war denn die Marie im Stall? Er bindet sich den Melkschemel um, setzt sich ans Euter, betastet es, melkt die harte Zitze aus. Das Vreni hebt ruckartig ihr Hinterbein, wirft den Tanner fast um. Er tätschelt ihr die Flanke, da senkt sich das Bein. Er tunkt den Finger in die Milch, steckt ihn in den Mund. Sie schmeckt salzig, kein gutes Zeichen: hohe Zellzahlen.

Mein liebes Vreni, was machst du bloß für Sachen. Er reibt die Zitze mit Tonerde ein. Das Vreni hat es gut, denn es weiß noch nichts, die Agnes und die Fiona haben schon was gemerkt. Die andern wohl auch, aber wenigstens nicht die Marie. Von hier unten ist das Loch nicht zu erkennen, sie hätte schon raufgehen müssen, und da hätte er sie doch gesehen, oder, Vreni?

Tanner schabt den Mist vom Stallboden auf das Gitter. Die Fladen klatschen runter in die Rinne, die zum Güllenloch führt, den Mist schaufelt er auf die Schubkarre. Die fährt er über ein Brett den Miststock hoch, kippt sie zur Seite. Es dampft, Mücken fliegen hoch, zuletzt gießt er die braune Soße aus. In den Stall streut er frisches Stroh. Da will man sich gleich selbst reinlegen, so gemütlich sieht das aus, so heimelig riecht das.

Er wäscht sich die Hände am Steintrog, er braucht lang, sonst braucht er nie so lang. Er versucht wohl, das rauszuwaschen, was in den Beugfalten seiner Hände sitzt.

Dann brauchen seine Hände was zum Greifen, Drehen, Stoßen, Heben. Er geht in den Schopf, da steht die Mähmaschine. Die Mähmaschine auseinandernehmen: eine durchaus sinnvolle Aufgabe. Sie starrt vor Gras und Dreck. Tanner fächert den Werkzeugkasten auf, achter Kreuz, passt nicht, zehner Kreuz, passt. Er hat Mühe, den Schraubenzieher zu halten, so zittern ihm die Schweißfinger. Die brauchen dir doch nicht zu zittern, den hast du schon mal auseinandergebaut und wieder zusammenbekommen, da ist nichts dabei. Innensechskant, Hutschraube mit Kontermutter.

Er schraubt und schraubt, irgendwann gibts nichts mehr zu schrauben. Auf einen Lumpen gibt er Benzin, putzt Teil um Teil, bis das Metall wieder glänzt. Als alles geputzt ist, setzt er die Maschine zusammen. Allein die Messerschiene spannt er noch nicht ein, die will er noch schleifen. Er nimmt den Winkelschleifer zur Hand, schleift einzeln die Zähne der Messerschiene, gibt acht: Sie sollen nicht spröde werden und schartig.

Um zwölf öffnet er die Haustür, und da fällt ihm auf, dass sie quietscht. Und so stapft er in den Schopf zurück, nimmt die Öldose und sprüht damit die Scharniere ein. Er schwingt die Tür auf und zu: Sie quietscht nicht mehr. Tanner knarrt die Treppe hoch (hat die schon immer geknarrt?), er hört die Marie in der Küche werkeln, bleibt auf der Treppe stehen. Schubladen gehen auf und zu, es wird in einem Topf gerührt. Die Küchentür geht auf, Marie kommt raus mit dem Suppentopf, Tanner dackelt ihr nach in die Stube. Er setzt sich, das Fenster im Rücken, damit er den schrägen Kirschbaum und den Dampf nicht sehen muss.

Das Radio läuft, Nachrichten: Der Bundesrat hat beschlossen – ein Vater löscht seine Familie aus – es soll sonnig bleiben.

«Dem Vreni gehts gut, im Fall.»

Tanner schaut ihr nicht in die Augen, er schaut auf den Tisch, wischt Brosamen weg, verschränkt die Arme vor der Brust. Marie geht noch mal in die Küche.

«Die wirds schon überstehen», sagt Tanner, als sie zurückkommt. «Ihre Zitze hab ich mit Tonerde eingerieben. Ich schau gut zu ihr.»

«Das weiß ich doch», lächelt Marie.

Aber Tanner sieht ihr Lächeln gar nicht, er schaut stirnrunzelnd auf den Tisch.

«Die Fankhauser ist eine gute Frau, eine studierte Frau, aber wenn den Tieren was fehlt, dafür brauch ich die Fankhauser nicht. Man hat ein Gespür für die Tiere, was der Doktor nicht hat.»

Marie greift in ihre Schürze, nimmt den Deckel vom Topf, und wie es da rausdampft, wirds dem Tanner fast schlecht, weil er ans Loch denken muss. Reiß dich zusammen, Mann.

Marie schneidet Brot, eine Scheibe für sich, zwei Scheiben für ihn, sie weiß, wie viele Brotscheiben er benötigt. Auch Brett, Messer und Knoblauchzehe liegen bereit, denn für Tanner gehört Knoblauch in jede Suppe. Wenn es an einem Tag mal keine Suppe gibt, dann isst er einfach so eine Knoblauchzehe. Darum wird er nie krank.

Sie löffeln stumm die Suppe, sie ist heiß, es wird geblasen. Man hört die Schläge der Löffel gegen die Teller.

«Was ist denn mit deiner Hand?»

Da sieht er, dass seine linke Hand wieder das Flattern angefangen hat, der kann man einfach nicht trauen. Er nimmt sie vom Tisch, legt sie aufs Knie. Tanner weiß nicht, wie er das Loch in Worte fassen soll, keine Worte sind in Greifnähe.

Sie haben die Suppe ausgelöffelt, Marie hat den Kopf auf die Hand gestützt. Was geht wohl gerade durch diesen Kopf? Tanner weiß nicht, wo er hinschauen soll, kannst nicht die ganze Zeit auf den Tisch starren, da merkt sie was. Sein Blick wandert: vom Kachelofen zu den gähnenden Katzen, weiter zum Telefon neben der Tür, nur Marie schaut er nicht an.

So sitzen sie eine ganze Weile stumm, er zieht die Nase hoch, damit es nicht so bedrückend still ist. In Tanners Kopf bereitet sich was vor, er beginnt mit «Ich–» und im selben Moment die Marie mit «Du–». Da lacht Marie ihr Lachen, das Zwitschern eines Rotkehlchens, und Tanner stimmt ein mit seinem Lachen, das wie Husten klingt, das manchmal tatsächlich in Husten endet.

«Nimmst du noch Suppe?»

Tanner schüttelt den Kopf. Als sie aufsteht und das Geschirr zusammenstellt, hebt sie plötzlich den Blick.

«Der Baum steht ja schräg!»

Er schaut auf ihren Zeigefinger (dreh dich jetzt bloß nicht um!), hebt die Schultern, lässt sie fallen. Tanner streift die Hosenträger ab. Er verscheucht ein Kätzchen, legt sich auf die Bank und schlummert bald schmatzend auf der Seite.

5

Marie rüttelt an seiner Schulter, streicht ihm mit der Hand über den Rücken. Einen Moment lang hofft Tanner, er habe bloß geträumt: Sowas gibts doch nur in Träumen. Als er sich aber auf die andere Seite dreht, durch das Fenster die schräge Krone des Kirschbaums erblickt, weiß er: Es ist kein Traum.

Im Abstellraum neben dem Stall hängt eine Glühbirne an Spinnfäden, Tanner knipst sie an. Da müsste doch noch irgendwo ... Viel liegt hier rum, und auf dem, was rumliegt, liegt Staub. Der Staub wirbelt hoch, trübt die Luft, Tanner hustet. Er findet eine Plane, sauber zusammengelegt, damit werden Lastwagen bespannt, die hält was aus. Und als er ein bisschen weitersucht, findet er ein paar Dachlatten von ordentlicher Länge. Er schultert Latten und Plane, trägt sie über einen Umweg hoch, der von der Stube nicht einsehbar ist. Er schiebt die Latten über das Loch wie die Speichen eines Rads, faltet am Rand die Plane längs auf. Er zieht die Plane behutsam über das Loch, beschwert den Saum ringsum mit Steinen. Geht doch.

Tanner schlendert über die Wiese, sucht nach Stöckchen, die aus der Erde staken. Jedes Stöckchen markiert eine Mausefalle im Erdreich, und die sammelt er jetzt ein. Er geht von Stöckchen zu Stöckchen, zieht die Metallrohre raus, so kommen ein paar tote Schadnager zusammen. Die Löcher füllt er mit Erde. Könnte man doch bloß alle Löcher so einfach mit Erde füllen. Was er am wenigsten begreift: Wo die Erde aus dem Loch geblieben ist. Schaufelt er ein Loch, dann wächst daneben ein Haufen, so hoch, wie das Loch tief ist. Es gibt kein Loch ohne Haufen. Eigentlich.

Tanner bringt die Fallen in den Schopf, die toten Mäuse kommen in einen Kübel, wo sie vor sich hin verwesen. Er wird sie ins Kadaverhäuschen bringen, und da fällt ihm ein, woran ihn der Geruch aus dem Loch erinnert hat: an den süßlichen Verwesungsgeruch im Kadaverhäuschen.

Im Schopf spannt er die Messerschiene in die Mähmaschine, fährt sie auf die Wiese, zieht an der Kordel. Es riecht nach Benzin und Gras, Tanner singt: S'muess eine sy gar hübsch und fyn, darf käni Fähler ha, juhe. Doch gibt er acht, was vor ihm liegt, er hat einmal ein Rehkitz vermäht, das tut ihm weh bis heute. Das hat er der Marie nie erzählt, er will nicht, dass sie denkt, sie ist mit einem Rehkitzmörder verheiratet. Am Sonntag, wenn er in der hintersten Kirchenbank döst und der Pfarrer vorn von Vergebung plappert, da kommt ihm manchmal das vermähte Rehkitz in den Sinn. Dann spricht er ein Gebet für die kleine Seele, und für seine eigene bittet er um Vergebung.

Nachdem Tanner die Wiese gemäht hat, recht er das Gras zu langen Haufen zusammen, die er mit dem Ladewagen aufnimmt. Ihm wird mulmig, wie er mit sieben Tonnen übers Land fährt, ein Land, das dort oben nachgegeben hat. Was, wenn sich auch die Wiese verabschiedet? Dann fällt er samt Traktor und Ladewagen hinab, Marie würde ihn überall suchen, aber nicht finden.

Rückwärts fährt er unters Vordach des Stalls, öffnet die Klappe des Ladewagens, hebt ihn hydraulisch an, fährt langsam vorwärts. Das Gras fällt auf eine betonierte Fläche, und was nicht rausfällt, wischt er mit dem Reisigbesen raus. Er lockert und verteilt das Gras mit der Heugabel, es soll nicht gären und bei seinen Mädchen zu Blähungen führen.

Eine Gabel gibt er schon mal dem Vreni. Es ist noch ein bisschen früh, die anderen in den Stall zu holen. An jedem andern Tag würd er jetzt hochgehen in die Stube und mit Marie seinen Zvieri nehmen, aber heute muss er allein sein, und so setzt er sich auf die Bank im Stall. Er reibt sich die Hände, wie gut das tut, lehnt sich nach hinten an die Wand. Durch das Fenster neben ihm sickert trübes Licht. Das Glas ist dreckig und spinnwebig, es wurde schon lang nicht mehr geputzt, zuletzt wahrscheinlich von seiner Mutter, und wie lange ist die schon tot.

Eine Fliege setzt sich auf sein Knie, seine Hand hebt sich, schnellt hinab. Mit der anderen formt er einen Hohlraum, in dem die Fliege rumsurrt. Es kitzelt. Die Tür schwingt auf, vor Schreck lässt Tanner die Fliege frei. Es ist die Marie mit einem Korb, der mit trockenem Brot gefüllt ist.

«Ich hab ein Rehkitz vermäht», platzt er heraus.

Marie lässt fast den Korb fallen.

«Wo ist es? Lebts noch?»

Tanner schüttelt müde den Kopf.

«Schon lange her. Sechs, sieben Jahre.»

Langsam verlässt der Schreck ihr Gesicht.

«Ich hoffe, mir wird das vergeben.»

Sie streicht ihm übers Haar. Jetzt musst dus ihr

sagen. Was ist so ein Loch gegen ein totes Rehkitz. Ein Loch kann man zuschütten, aber ein verschnetzeltes Rehkitz wieder zusammensetzen: schwierig. Und wenn mans doch schafft, fängt das Herz nicht wieder zu schlagen an.

Wenn er bloß wüsste, warum das Loch im Land ist, dann könnte er ganz sachlich sagen: Schau, Marie, aus diesem und jenem Grund haben wir ein Loch im Land, und dies und das werden wir dagegen tun. Aber das Loch kommt aus dem Nichts, es ist ja selber ein Nichts: ein Nichts aus dem Nichts. Tanner wird fast schwindlig von so viel Nichts.

Marie verfüttert Vreni das Brot.

«Nimmst du keinen Zvieri heute?»

«Ich hab noch zu tun», sagt Tanner.

Er weiß, wie komisch das klingt. Er lässt nie einen Zvieri aus, selbst wenn er so viel zu tun hat, dass ihm zehn Hände nicht reichen würden. Sie denkt wohl, er ist traurig wegen dem Rehkitz, will drum allein sein. Marie verlässt den Stall, Tanner bleibt auf der Bank sitzen und überlegt sich, wie viel Ladungen Kies es braucht, um das Loch zu füllen, und was das kostet.

Dann treibt er seine Kühe mit streichelnden Hieben zurück in den Stall. Sonst reicht es, wenn er hinter ihnen hergeht, aber heute sehen sie nicht ein, warum sie in den Stall sollen. Jede Kuh kennt ihren Platz, Tanner kettet sie vorn fest und bindet ihnen hinten die Schwänze hoch. Er gabelt das Gras in den Trog, sie wühlen ihre Flotzmäuler hinein, werfen es hoch, Fiona hat schon ein Büschel auf dem Kopf. Den ganzen Winter über haben sie Heu und Gärfutter gefressen, sie freuen sich über das saftige Gras. Ein wenig Heu mischt er unter, damit ihnen nicht die Bäuche aufblähen vom eiweißreichen Grün. Sobald sich ihre Verdauung dran gewöhnt hat, wird er kein Heu mehr beigeben. Darüber ist er froh, denn sein Heustock ist nicht so gut gefüllt, wie er sein sollte. Zu Lichtmess, Anfang Februar, soll der Heustock halb voll sein, Tanners ist zu einem Drittel gefüllt gewesen. Der letzte Sommer war zu heiß und trocken.

Als er die Agnes anmelken will, stellt die sich komisch an, was ist denn los, liebe Agnes. Auch die andern sind unruhig. Anmelken, Holzwolle, die Maschine saugt wie ein Kalb. Die beiden Kälber saugen nicht, sie sind getrennt untergebracht, sollen keine Bindung zur Mutter aufbauen. Mit vier bis sechs Monaten kommt das Kalb in den Schlachthof, wo man Fleisch draus macht. Dem Tanner tun die Kälber leid, er kriegt immer Nasenbluten, wenn er zum Schlachthof fährt. Einmal hat er kein Taschentuch dabeigehabt, da ist er angekommen mit blutverschmiertem Handrücken.

Straub knattert auf den Hof, sie drehen die Milchkannen auf die Schaufel, er knattert davon.

6

Marie steht in der Küche, da legt sich überraschend eine Hand auf ihren Rücken. Ganz leise ist der Tanner die Treppe hochgekommen, hat die knarrenden Stufen ausgelassen. Als sie sich umdreht, steht da ein richtig gut gelaunter Tanner. Er schäkert mit ihr, zwickt sie, dass sie kreischt. Sie findet das Geschäkere erst noch lustig, aber irgendwann reicht es ihr, sie ist doch am Kochen!

Tanner ist nicht beleidigt, er schaut ihr beim Fleischschneiden zu, fragt, was er helfen kann. Marie gibt ihm einen Salatkopf, den er waschen und schneiden soll, er stellt sich ans Waschbecken und zupft die Blätter auseinander (sollst das Kraut fressen). Stumm stehen sie nebeneinander, was aber nicht unangenehm ist, es ist eine andere

Stille als die heute Mittag. Die Stille heute Mittag mochte Tanner nicht, weil er was sagen wollte, was er nicht sagen konnte. Wie er aber jetzt am Waschbecken steht und den Salat zerzupft, ist er zufrieden und will gar nichts sagen. Er zupft, lächelt und schweigt, denn es gibt nichts, was seine Frau wissen müsste. Es gab da mal ein Problem, aber das konnte er lösen. Er will Marie nicht belasten mit seinen täglichen Herausforderungen, das macht sie ja auch nicht. Er wird die Sache einmal erwähnen, ganz beiläufig, wenn alles schon lange vorbei ist, und Marie wird lächeln und sich freuen, was für Sorgen ihr Mann von ihr fernhält. Sein Vater schimpfte über die Bauern, die ständig klagten: über zu viel Regen oder zu wenig, über störrische Kühe oder Maschinen. Er hielt nichts von Versicherungen, machte sich lustig über die Bauern, die sich gegen Hagel versicherten. Wer seine Ernte gegen Hagel versichert, kann auch gleich aufhören, sagte er. Hagel, der gehört eben dazu. Eine Versicherung hätte mir mein Auge auch nicht zurückgegeben, sagte er.

Was würde er jetzt wohl sagen? Würde er sagen: So ein Loch, das gehört eben dazu?

Zur Feier des Tages kehrt Tanner in den Staubigen Esel ein. Da sitzt der Vock im Fumoir vor einem kleinen Bier, einer Stange. Tanner setzt sich dazu, sie geben sich die Hand. Sepp, Ernst. Man kennt sich, schon seit der Primarschule. Tanner winkt die Marta heran und bestellt auch eine Stange. Sie hat gut zu tun, sie gießt viele Biere ein und versieht alle mit einer hübschen Schaumkrone. Die Kehldeckel leiten das Bier in die Mägen, wo es auch hingehört. Herbe blaue Rauchschwaden entsteigen Nasen und Mündern. Auch Tanner hat einen Krummen im Mundwinkel. Er gießt sich Bier in den Leib, sein Leib entspannt sich, mit jedem Schluck gehts ihm besser.

Man redet über das, was man so hört und liest. Der Schießverein schießt immer noch im Provisorium, seitdem die alte Schießbude abgebrannt ist. Ob die noch mal aufgebaut wird oder gleich abgerissen, weiß keiner. Vater bringt Frau und Kinder mit Geologenhammer um und springt von Brücke, tragisch. Doch was soll man machen, man sieht einem Mann nicht an, ob er demnächst mit dem Geologenhammer auf seine Familie losgeht.

Später setzen sich der Joho und der Amrein dazu, genug für eine Jassrunde. Marta bringt ihnen den grünen Jassteppich, in den Ecken: Eichel, Schelle, Rose, Schilte. Runde bitte, es wird gezapft, es wird getrunken. Nicht oft kommts vor, dass die Bauern so zusammensitzen, trinken und jassen.

Als hätten sie sich versammelt, um sich mit ihm zu verbrüdern, um dem Schicksal gemeinsam die Stirn zu bieten, obwohl sie ja nichts wissen können vom Loch.

Die Gesichter werden wärmer und röter und lachen, der Amrein schimpft, ihm wird zu viel geschwatzt. Beim Jassen muss man schauen, welche Karten gegangen, welche noch im Spiel sind, wenn da ständig geschwatzt wird, kann man das nicht. So hört man eben nach der ersten Runde mit Jassen auf und spielt Tschau Sepp, da muss man sich keine Karten merken.

Irgendwann guckt der Tanner auf die Uhr, so spät schon. Sepp, Nöldi, Kari, ich wünsche euch. Die frische Luft schlägt ihm ins Gesicht, die Nächte sind noch kühl. Tanner geht den Kiesweg hoch, mal ufe, mal abe. Ein halber Mond leuchtet durch fadenscheinige Wolken, die über ihn hinwegziehen.

Tanner tappt ins dunkle Schlafzimmer. Er will Marie nicht wecken, drum streift er bloß die Hosenträger ab, bevor er sich ins Bett legt. Sein Fuß geht rüber auf die andere Seite, aber sein Fuß findet sie nicht. Sie muss am Bettrand liegen. Er streckt das Bein.

Aber da ist keine Marie.

Tanner beugt sich hoch, tastet mit der Hand die andere Bettseite ab, da liegt nur die Decke. Er ahnt was. Er zieht die Hosenträger hoch, poltert die Treppe runter, steigt in die Stiefel.

Im Licht des halben Mondes findet er Marie, sie hängt im Loch, im bösen alten ewigen Loch. Sie hat sich an einer Latte festgekrallt, ist tief in die Plane eingesunken. Wie lange sie wohl schon da drin hängt.

«Was machst du denn für Sachen!»

Tanner kniet sich hin, streckt beide Hände aus, Marie aber will, wies scheint, nicht loslassen, vielleicht kann sies auch gar nicht mehr. Fingerbreit um Fingerbreit rutscht sie rüber, zum Rand hin, greift Tanners Hand. Er zieht sie raus. Sie zittert, wimmert, ist handscheu wie ein Tier, das man aus einer Falle befreit hat. Wie er seine Marie so sieht, fährt was Schweres gegen seinen Brustkorb: Tanner verlernt das Atmen.

Es beginnt in ihm zu zweifeln.

Es ist ein Zweifel am Großen und Ganzen. Auf das Große und Ganze kann niemand mit dem Finger zeigen, nicht einmal in einer Kirche. Denn es ist nicht das, wovon der Pfarrer spricht, wenn er vom Herrgott, vom Sohn, vom Heiligen Geist spricht. Das Große und Ganze gibt Regen, gibt Sonne, gibt Ernte. Es nimmt auch, doch niemals mehr, als es gibt. Das wenigstens hat Tanner geglaubt, aber jetzt hat das Große und Ganze ihm ein Loch ins Land bewerkstelligt, und man muss sich fragen, was das soll. Soll das eine Prüfung sein? Oder ein Zeichen? Und dann ist Marie reingestolpert, die nur nach dem Kirschbaum sehen wollte, chumm, mir wei go Chrieseli günne.

Maries Herz pocht schnell, wie das Herz eines geflohenen Hasen. Es sieht ganz so aus, als habe sie sich die Seele verstaucht. Na ja, solange nichts gebrochen ist. Ein Doktor wird am nächsten Tag kleinere Beschädigungen an Maries Körper entdecken: Schürfwunden und Blutergüsse, rooti, schwarzi und gibeligääli. Für Beschädigungen an der Seele ist er nicht zuständig.

7

Tanner will Anzeige erstatten, denn so geht es nun auch wieder nicht, dass da jemand kommt und ein Loch verbricht. Wie er gestern übers Große und Ganze nachgesinnt hat, darüber schüttelt er heute den Kopf. Solche Gedanken kann man nur in der Nacht haben, mit ein paar Stangen im Schädel. Jetzt ist er klar und weiß, was zu tun ist.

Tanner fährt hinein in die Stadt, wo die Polizisten in einem Gebäude hocken und das Verbrechen bekämpfen. Ihm ist mulmig, irgendwas läuft nicht rund, irgendwo hakt es. Wie soll man einen Unbekannten anzeigen, da liegt ja ein Widerspruch drin: jemanden anzeigen, den man nicht kennt. Er weiß auch gar nicht, wer als verdächtig gelten könnte, er hat doch keine Feinde. Er hat sich mit seinen Geschwistern nicht übers Erbe zerstritten, wie viele andere, es wollte ohnehin niemand den Hof übernehmen. Er hat auch keinen Nachbarn, der ihn beschuldigt, den vermoosten Grenzstein im Wald um einen Meter versetzt zu haben, wies der Nachbar von Joho tut. Tanner ist immer mit allen ausgekommen. Was sollen die Polizisten machen, die stehen ums Loch rum und kratzen sich am Kopf. Aber er will sich das mal anschauen, er kann sich dann ja immer noch entscheiden.

Er erklärt am Empfang, dass er vielleicht, eventuell, unter Umständen Anzeige erstatten will. Man lässt ihn Platz nehmen in einer Sitzecke, und bald streckt ihm eine Polizistin die Hand hin, Frau Rossi, so eine junge mit Rossschwanz, der herumhüpft. Sie nimmt ihn mit in ihr Büro, lässt ihn Platz nehmen.

«Was kann ich für Sie tun?»

«Ich will ... also vielleicht ... eine Anzeige–»

«Worum geht es denn genau?»

Tanner sprachlos.

«Ich drucke einmal das Formular aus und erkläre Ihnen alles, einverstanden?»

Tanner nickt.

Die Rossi klickt auf ihrem Computer rum, druckt ein Formular aus, dreht es über den Tisch, sodass Tanner es lesen kann. Strafanzeige gegen unbekannte Täterschaft. Sie erklärt ihm jeden

Punkt. Am Schluss fragt die Rossi, ob er Strafanzeige erstatten will.

Tanner weiß noch immer nicht recht, er druckst rum. Sie redet ihm gut zu, sie will ja Gerechtigkeit schaffen helfen, wo kein Kläger, da kein Richter. Er nickt schließlich, die Beamtin schiebt ihm Formular und Kugelschreiber rüber. Sie lächelt aufmunternd, er sagt Danke und meint das Lächeln.

Das erste Kreuz macht er bei Sachbeschädigung, dann Name und Adresse, Versicherung, Tatort, Tatzeit. Das alles fällt ihm noch leicht, aber dann steht da: Tatablauf, wie hat sich die Tat aus Ihrer Sicht zugetragen?

Da überlegt er lange, weiß nicht, was er hinschreiben soll. Er will erst «Dynamit» hinschreiben, doch das kanns nicht gewesen sein, zu laut, auch fehlt ringsum aufgeworfene Erde. Haben die das wohl rausgeschaufelt? Von Hand kaum in einer Nacht, und eine Raupenspur hat er nicht gesehen, nicht mal Fußspuren. Er ist nicht dumm, er kann denken, er denkt weiter: Wenns weder rausgeschaufelt noch rausgesprengt ist, was dann? Er denkt und denkt, doch will ihm die Lösung nicht einfallen. Er geht zum nächsten Punkt, vielleicht fällts ihm später noch ein.

Deliktsgut: Beschreiben Sie die gestohlenen und/oder beschädigten Gegenstände möglichst genau. Bei Gegenstand schreibt er: Acker. Marke/Typ: Huswiler Acker. Farbe: Braun bis Grün (er ist nicht dumm). Gerätenummer? Seriennummer? Tanner hat an seinem Acker noch nie eine Nummer gelesen. Wert in Franken? Würde er sein Land zu Bauland umzonen und verkaufen, bräuchte er bis ans Lebensende nicht mehr zu arbeiten. Vor ein paar Jahren hat man ihm ein Angebot gemacht, Mehrfamilienhäuser wollte man bauen. Unanständig viel Geld wurde ihm geboten, aber was nützt einem Geld, wenn die Hände nichts zu tun haben. Jetzt, mit dem Loch drin, würde ihm wohl niemand mehr Geld dafür geben. Niemand kauft eine Socke mit Loch drin.

Sachschaden? Täterhinweise? Bevor er was Falsches hinschreibt, gibt er das Blatt lieber der Beamtin, mit den vielen leeren Feldern. Sie überfliegt das Geschriebene, hebt die Augenbrauen.

«Ein recht hoher Schaden, wie ich sehe. Wir schicken Ihnen morgen einen Wagen vorbei, die schauen sich das an.»

Tanner fährt zurück ins Dorf, kehrt ein in den Staubigen Esel. Halb elf, niemand da, Tanner setzt sich nicht an den Stammtisch, sondern in die Ecke. So früh war er noch nie im Esel. Er bestellt einen sauren Most, kriegt ihn von der Rosaria serviert, die Marta hat wohl Spätschicht. Rosaria wischt über den Tisch neben Tanner und lächelt ihm zu. Er lächelt zurück und setzt an, sein Adamsapfel hüpft. Gedanken bewegen sich in ihm, werden hin- und hergeschoben wie das Gras in den Kühen. Mal ufe, mal abe, mal lings, mal rächts. Kein gutes Gefühl ist das in Tanner drin.

«Gehts gut?», fragt Rosaria.

«Muss.»

Es muss ihm gut gehen, das ist wahr, aber verzweifeln wäre jetzt einfacher. Er könnte Rosaria alles erzählen, vom Loch und von Marie und von der Rossi mit dem Rossschwanz. Er würde sich leichter fühlen danach. Aber er lässt es sein.

Er sagt nichts.

Er bestellt noch einen Most, sie fängt vom Wetter an, er klemmt ab. Die Gedanken in ihm bewegen sich nicht mehr, sie stocken. Er denkt nicht mehr: Dem Loch zeig ichs, das wird schon, die kriegen sie, er denkt: ob das wohl gut ausgeht, ob mans stopfen kann, obs dafür nicht zu tief ist. Und: ob das Loch tatsächlich einer verbrochen hat, ob es
nicht doch anders entstanden ist.
Vor ein paar Tagen ist er noch
mit schwerem Gerät über den
Acker, den Weizen striegeln,
aber so ein Huswiler Acker
hält das aus, der fällt des-
wegen nicht auseinander.
Morgen kommen sie vor-

bei, doch die finden nichts, die stehen ums Loch rum und kratzen sich am Kopf. Das kann er selber, rumstehen und sich am Kopf kratzen. Tanner gibt einen Franken Trinkgeld und macht sich auf den Weg.

Daheim am Stubentisch nimmt er das Amtsblatt zur Hand. Es ist noch nicht mal Mittag. Da steht Marie im Türrahmen: «Wo bist du denn gewesen?»

«Polizei.»

«Polizei? Warum denn Polizei?»

«Was hat der Doktor gemeint?»

«Nichts Tragisches. Ich werds überleben.»

Sie geht wieder.

«Da bin ich aber froh», sagt Tanner leise und blättert weiter. Fast ist er erleichtert, dass Marie ins Loch gefallen ist, denn so muss ers ihr nicht sagen, sie hats selber rausgefunden. Das ist für Tanner kein Grund, nun ganz befreit übers Loch zu schwatzen, sondern eher einer, es nie wieder zu erwähnen. Es ist auch keine große Sache, ein Loch hat sich aufgetan, seine Frau ist reingestolpert. Tanner ist bestimmt nicht der Erste, dem das passiert ist. Darüber braucht man nicht zu sprechen, das macht es nicht besser.

Und Marie scheint genauso zu denken, sie ist am Abend heiter wie immer, sogar noch ein wenig sonniger als sonst. Sie droht wieder damit, ihm nachts Wollsocken über seine kalten Füße zu ziehen.

Zufrieden legt sich Tanner ins Bett, sein Fuß findet Marie, er schlummert ein.

8

Tanner fährt gerade die Schubkarre den Miststock hoch, als ein Auto auf den Hof knirscht. Es ist bloß einer, der aussteigt, und der trägt nicht mal eine Uniform. Tanner fährt das Brett rückwärts runter, noch langsamer als sonst, er will sich ja vor dem Polizisten nicht in den Mist legen.

«Sind Sie der Herr Tanner?»

«Der bin ich.»

«Guten Morgen. Korporal Leibundgut. Sie haben Anzeige erstattet wegen Sachbeschädigung. Worum geht es?»

Das hat Tanner befürchtet. Sie schicken ihm einen, der von nichts weiß und dem er erst noch begreiflich machen muss, was passiert ist. Aber wie soll der das begreifen, Tanner selbst begreift es ja nicht mal.

«Um meinen Acker.»

«Wie darf ich das verstehen? Wurde er gestohlen?»

Er lacht über seinen Witz.

«Nicht gestohlen ... beschädigt.»

Der Korporal knipst sein Lachen aus.

«Wie meinen Sie das?»

«Ich zeigs Ihnen.»

Sie gehen den Feldweg hinauf. Tanner nimmt die Schachtel mit den Krummen raus und bietet dem Korporal einen an, der lehnt ab. Der schräge Kirschbaum kommt immer näher, und da trifft Tanner der Schlag: ein zweites Loch, gleich neben dem ersten. Ein wenig kleiner zwar, aber durchaus vorhanden. Da ist er gestern noch gestanden, heute ist da nichts.

Wenn das jetzt jeden Tag so geht. Jeden Tag ein neues Loch. Dann schaut sein Land bald aus wie ein Emmentaler.

Tanners Hand flattert wieder, er versteckt sie in der Tasche. Sie gehen aufs Feld, sie treten an das Loch, in das Marie gefallen ist. Die Plane hängt noch immer durch. Der Beamte pfeift erstaunt, was es alles gibt auf der Welt.

«Tja, beschädigt, kein Zweifel. Fast könnte man sagen: unbrauchbar.»

Leibundgut nimmt sein Mobiltelefon hervor, umkreist die Löcher, fotografiert sie aus jedem

Winkel. Aus einem Mäppchen nimmt er das Blatt, das Tanner ausgefüllt hat.

«Sehen wir uns das einmal an.»

Er studiert das Formular, murmelt vor sich hin, fährt mit dem Finger übers Blatt.

«Da stimmt was nicht.»

Sein Finger ist stehen geblieben.

«Sie haben hier angegeben: ein Loch. Sehen Sie? Aber was wir hier haben, sind zwei Löcher.»

«Gestern war da erst eins.»

«Ich weiß nicht, ob wir das so bearbeiten können. Wie ist das denn passiert?»

Tanner erzählt ihm, wies passiert ist.

Noch bevor er fertig ist, wird der Korporal nervös und will weg von den Löchern. Sie gehen auf dem Feldweg ein gutes Stück zum Hof zurück, bis sie stehen bleiben. Der Polizist hat eine tiefe ernste Falte zwischen den Augen.

«Das muss hier alles abgesperrt werden.»

«Aber was soll ich denn dann–»

«Wenn Ihnen da jemand reinfällt, dann tragen Sie die Verantwortung, ich sage nur: Regress. Ein Alter hängt Ihnen nicht so nach, aber wenn ein Kind da reinstolpert und gelähmt ist für den Rest seines Lebens – das geht in die Hunderttausende.»

Und das trifft den Tanner wie ein Schlag in die Magengrube. Er denkt an die Marie, an seine liebe Marie: Schürfungen und blaue Flecken, hat der

Doktor gesagt, aber es hätte auch anders kommen können. Seine Schuld wiegt schwer und drückt auf seine Schultern. Würde man seine Schultern nach dem Abladen der Schuld betrachten: man sähe ihre Spuren weiß und rot. Tanner nickt die Absperrung ab, wenn er auch nicht weiß, was er denn dann soll.

Am Nachmittag kommen die Pioniere vom Zivilschutz. Sie sperren den größten Teil des Ackers mit rot-weißem Band ab, und auch einen Teil der angrenzenden Weide, auf der die Kühe gerade grasen. Die Kühe stehen kauend am Zaun und gucken, wie die Menschen rumwuseln. Wie ein Tatort sieht es jetzt aus: als hätte ein Mensch hier einem andern was Schlimmes angetan. Den Feldweg neben dem Acker betritt man auf eigene Gefahr, und sie stellen ein Schild auf, damit das keiner vergisst.

Das sind lauter junge Männer vom Zivilschutz, und die reißen natürlich ihre derben Witze, als sie die beiden Löcher sehen. Einer der jungen Männer kommt auf Tanner zu, fragt ihn, wie das passiert ist. Erst weiß er nicht, was antworten, dann sagt er: «Einfach eingestürzt sind sie.» Dass Menschen die Löcher gegraben haben könnten, erscheint ihm jetzt lächerlich. Der Mensch ist machtlos im Vergleich zum Großen und Ganzen, niemand schaut auf einen Berg und fragt sich, welche Baufirma dahintersteckt.

«Einfach eingestürzt?»

«Erst das eine, dann das andere.»

Und dieser junge Mann, das merkt Tanner gleich, der kennt sich aus, denn er stellt die richtigen Fragen. Er bietet Tanner an, mal vorbeizukommen, ihm zu erklären, wie solche Löcher entstehen.

Tanner sprachlos.

«Gibts das denn häufiger?»

«Häufiger, als man denkt. Gerade in dieser Gegend. Es gibt sogar Sagen von Erdmännchen, die in diesen Löchern wohnen und nachts rauskommen, um den Menschen zu helfen. Meist aber ist es nur eine Absenkung des Bodens, ohne dass gleich ein Loch entsteht, so wie hier. Das hier ist schon was Besonderes.»

Frick, so heißt der junge Kerl, will Gerätschaften und Kollegen mitbringen von der Universität. Dem Tanner ist es recht, er will auch wissen, was da los ist. Wenn die Erdmännchen ihm helfen wollten, dann haben sie sich recht dumm angestellt:
Ohne ihre Hilfe hätte er gar kein Problem.
Niemand kann dir helfen, Tanner, du
kannst dir nur selber helfen. Er ist
vernunftbegabt und setzt die
Vernunft nun ein: Mit schwe-
rem Gerät gehst du nicht

mehr drüber, weiß ja keiner, wie viel noch bachab geht vom Land. Und die Kühe lässt du in ausreichendem Abstand zu den Löchern weiden.

Tanner steht stramm und denkt nicht dran, zu wanken oder zu fallen. Der Rauch von seinem Krummen steigt nicht mehr als gerade Fahne hoch, er wird leicht verweht. Er spürt Wind im Gesicht, die Blätter rascheln.

Abends kommt die Frau Flury mit ihrem Hündchen vorbei und fragt, was los ist, sie hat auf ihrem Spaziergang das Absperrband gesehen.

«Nichts weiter, Absenkung des Bodens, reine Vorsichtsmaßnahme mit dem Absperrband.»

Frau Flury nimmt Anteil, das sieht man an ihrem Gesicht. Sowas. Ach nein. Ohgottohgott. Ein Gesicht macht die, als wär einer gestorben, fehlt nur noch, dass sie sagt: Mein Beileid. Dabei weiß sie nicht mal, dass die Marie reingefallen ist – und er wird den Teufel tun, es ihr zu erzählen. Dann, als er die Flury endlich losgeworden ist, kommt noch eine, die Frau Erni, eine Zugezogene. Wenn wir irgendwas – du musst es nur – das würde uns nichts ausmachen. Tanner kann sich nicht erinnern, der Erni jemals das Du angeboten zu haben.

Wer ihn aber als Drittes besucht, das erstaunt ihn dann doch. Es ist die Ammännin der Gemeinde, die vor der Türe steht. Er bittet sie herein, entschuldigt sich für die vielen Fliegen in der Stube, nimmt die Fliegenklatsche und schlägt ein paar tot. Marie stellt ihr einen Kaffee hin, verlässt dann zum Glück die Stube.

Die Ammännin beginnt zu reden, in einem fort. Der Kaffee dampft, manchmal nimmt sie die Tasse zur Hand, als würde sie einen Schluck nehmen, aber ihr fällt immer noch was ein, was sie sagen könnte, und sie stellt die Tasse wieder hin.

Sie redet viel, reden kann sie gut.

«Die Hilfe am Nächsten hat in diesem Dorf eine lange Tradition, man hilft sich gegenseitig. Denk nur an das Schulhausunglück, erinnerst du dich?»

Auch der Ammännin hat er nie das Du angeboten, aber sie ist Ammännin, sie darf jeden duzen, den sie duzen will.

«Während der Weihnachtsfeier ist das Treppenhaus eingestürzt, viele Kinder wurden verschüttet, die meisten davon habe ich gekannt, ich war selbst noch ein Kind. Da standen alle zusammen und haben ein Kind nach dem andern aus den Trümmern gezogen, am Schluss fehlte keines. Und bei diesem Unglück, das dir widerfahren ist, dieser gottlosen Ungerechtigkeit, da lassen wir dich nicht allein, niemals, wir stehen hinter dir zusammen, weil die Hilfe am Nächsten in Huswil eine lange Tradition hat, damals und heute. Wir lassen einen Huswiler in seiner Not nicht allein, da müsste schon was kommen, dass wir dich alleinlassen, nein, wir stehen alle zusammen, und zwar hinter dir.»

Tanner schlägt eine Fliege tot, die sich neben ihn auf die Bank gesetzt hat. Er kommt nicht zu Wort, aber das will er auch gar nicht. Am Schluss, als die Ammännin ihren kalten Kaffee schlürft, weiß Tanner nicht, wie er sich bedanken soll. Ob er sich überhaupt bedanken soll. Noch liegt alles im Ungefähren. Er kann sich nicht recht vorstellen, wie die Hilfe aussehen könnte. Wer kann mir schon helfen, was können die schon machen? Hinter mir zusammenstehen, ums Loch rum, und sich am Kopf kratzen. Was ich brauch, ist neues Land, denn meins ist kaputt.

Aber Tanner lässt sich nichts anmerken, er fragt brav, wie die Hilfe aussehen könnte.

«Eine Sammlung machen wir, jeder gibt, was er kann. Wir machen ein richtiges Fest! Der Metzger bringt Würste, der Konditor Kuchen, die verkaufen sie für dich, die Kinder gehen von Tür zu Tür. Und mit dem Erlös handelst du, wie du es für richtig hältst.»

Tanner hört, staunt, schweigt.

Was soll er schon sagen.

Die Ammännin sprudelt und sprudelt, es hört nicht auf, Ideen hat sie, das muss man ihr lassen.

Was dann draus wird, weiß keiner. Als die Ammännin gegangen ist, kommt Marie herein.

«Was wollte sie?»

Tanner kann ihr nicht in die Augen schauen. Er schaut den Fliegen nach.

«Nicht so wichtig.»

Sie nickt und schweigt. Es ist ein Schweigen, das Tanner nicht versteht. Vielleicht will sie was sagen, kann aber nicht, oder vielleicht erwartet sie, dass er was sagt?

«Ich geh ins Bett», sagt Tanner. Er will der bedrückenden Stille entgehen.

Als Marie sich neben ihn legt, wacht er auf.

«Schläfst du schon?»

Tanner bleibt stumm, atmet tief, wie jemand, der schläft.

9

Beim Morgenessen ist Marie ungewöhnlich still, in sich gekehrt. Als wär sie gar nicht richtig da.

«Ich geh nachher rasch zum Amrein», sagt Tanner.

Marie nickt.

Sie wär jetzt an der Reihe mit der Frage, was er beim Amrein will, darauf hat er sich vorbereitet. Aber sie fragt gar nicht. Auch gut. Wenn sie wüsste, dass er gar nicht zum Amrein geht, sondern in die Kirche, sie würd ihn auslachen. Ausgerechnet Tanner, der jeden Sonntag in der hintersten Bank schnarcht, den Kopf auf der Brust.

Tanner geht über den gepflasterten Dorfplatz, durch den Schatten der Säule, die dort aufragt. Sie ist bestimmt vier Meter hoch, unten dicker als oben, glatt und schmucklos. Niemand weiß recht, warum diese Säule hier steht. Einige sagen, der einzige Überlebende der Pest stellte sie vor ein paar Jahrhunderten hier auf, als Mahnmal. Andere meinen, es befand sich darauf einmal eine Reiterstatue, irgendein fremder Tyrann, ein Habsburgerkönig vermutlich, bis sich das Volk auflehnte und Ross und Reiter stürzte.

Wer die bucklige alte Dame fragt, die über dem Staubigen Esel wohnt und durch das offene Fenster die Passanten segnet, kriegt eine andere Antwort: Vor langer Zeit stand ein Säulenheiliger aus Syrien auf der Säule. So lange stand er auf der Säule, bis er eben zum Heiligen geworden ist. Und die Bewunderer, die kamen, um ihn zu berühren und seinen Segen zu erhalten, haben den Grundstein gelegt zu diesem Dorf. Viele Huswiler ihres Alters glauben diese Geschichte. Wann immer ein Kind mit dunklerer Hautfarbe geboren wird, dann sagen sie: Schau, da kommt das Syrische wieder durch.

Die Kirche liegt am Dorfplatz und hat ein rotes Zwiebeltürmchen. Tanner zieht das Portal auf, tritt ein, er tunkt die Finger ins Weihwasser und bekreuzigt sich, nimmt in der zweitvordersten Bankreihe Platz. Vorne werkelt der Pfarrer am Altar, er will ihn nicht stören, es schaut irgendwie nach heiliger Prozession aus, was der da werkelt. Tanner nimmt ein Liederbüchlein in die Hand und blättert drin rum, das dünne Papier knistert so behaglich.

Er legt das Büchlein zurück und schaut sich um. Einer hängt am Kreuz und stirbt vor sich hin, aber drei Tage nach seinem Tod darf er aufstehen und nachhause gehen in den Himmel.

Der Pfarrer bemerkt ihn, lässt das heilige Zeug stehen und liegen, schreitet auf ihn zu, bleibt neben ihm stehen. Tanner schaut zu ihm hoch. Er will ihm ja in die Augen schauen, aber über seinen Augen bewegen sich struppige Brauen. Wie die haarigen Raupen sehen die aus, die man in Brombeersträuchern findet.

«Was kann ich für Sie tun, Herr Tanner?»

Der Pfarrer klopft ihm mit geistlicher Fürsorge auf den Rücken, wie ein Schäfchen klopft er ihn ab. Aber für ihn ist er ja ein Schäfchen, denn er ist der Hirte, und der dort am Kreuz ist ein Lamm.

Tanner beginnt zu erzählen, jedes Wort hallt nach, er erschrickt vor seiner eigenen Stimme. Als würd er predigen, so klingt es, nur erzählt er keine alte Geschichte und was man aus ihr lernen kann, nein: Er erzählt seine Geschichte und hat keine Ahnung, ob man aus ihr was lernen kann. Mit heißen Bäckchen schaut er vor sich hin und spricht, erzählt ihm alles, auch dass Marie reingefallen ist.

Da unterbricht ihn der Geistliche kurz, fragt nach ihrem Wohlbefinden. Ansonsten schweigt er, hin und wieder wollen die Raupen oben aus seinem Gesicht entwischen.

Als Tanner fertig ist, schweigt er noch immer.

Plötzlich aber springt er auf und stellt sich hin, die Arme auseinander, die Handflächen nach oben, als würd er auf der Kanzel stehn.

«Er verrückt Berge, und man merkt es nicht, dass er sie in seinem Zorn umgekehrt hat. Er bewegt die Erde von ihrem Ort, dass ihre Säulen erzittern.»

Er lacht schallend. Tanner weiß nicht, was er machen soll, also lacht er auch. Der Pfarrer winkt ab und setzt sich neben ihn in die Bank.

«Ich mache Spaß. Manchmal hilft nur Lachen. Können Sie mit Ihrer Frau über all den Schlamassel lachen?»

Tanners Schultern zucken.

«Das, was ich eben zitiert habe, aus dem Buch Hiob, das können Sie vergessen, aber denken Sie an Psalm 41: Abyssus abyssum invocat. Der Abgrund ruft nach dem Abgrund. Sie können nichts für den ersten Abgrund, aber Sie können verhindern, dass ein zweiter sich auftut.»

Der Geistliche schreibt ihm das lateinische Sprüchlein auf einen Zettel. Tanner betrachtet ihn, steckt ihn in die Brusttasche seines Hemds. Nachdem er noch einmal abgeklopft wurde, darf er gehen.

Marie lässt Kartoffelstock auf Tanners Teller klatschen. Man könnte meinen, sie ist verstimmt. Sie drückt ihm auch keine Senke in den Kartoffelstock für den Soßensee, den See muss Tanner heute selber ausheben.

«Wie wars beim Amrein?»

«Gut», sagt er und schaufelt sich rasch einen großen Löffel in den Mund, und kaum ist der geschluckt, kommt schon der nächste. So hat er immer den Mund voll und kann gar nicht sprechen.

«Was macht die Klara?»

Die Klara ist die Frau vom Amrein, ihr hat man vor ein paar Jahren die verkrebsten Brüste abgenommen.

«Gut schaut sie aus», sagt Tanner mit vollem Mund.

«Und die Kinder?»

«Gut, gut», schmatzt Tanner.

Und kaum hat er den Teller geleert, steht er auf, als hätte er keine Zeit, noch ein wenig sitzen zu bleiben oder ein Nickerchen zu machen.

«Ich muss Blacken stechen gehen.»

Er muss natürlich nicht, und er weiß, dass Marie das weiß. Das Unkraut trägt noch keine Samen, es blüht nicht einmal. Sie nickt bloß.

Tanner stößt das zweizinkige Blackeneisen ins Erdreich, hebelt die Pflanzen samt Wurzel raus. Er schüttelt die Erde aus dem Wurzelwerk, wirft die

Blacke in den Sack. Sollst das Kraut auf dem Felde fressen. Die Kühe stehen, liegen, lecken sich gegenseitig das Fell. Wie die aus dem Stall galoppiert sind am ersten Tag nach dem Winter. Wer das nie gesehen hat, würde es nicht für möglich halten. Die Weide ist nun so geschrumpft, dass sie sich kaum sattfressen können. Sie muhen unzufrieden, kommen zum Zaun, schauen ihn fragend an mit ihren schwarzen Augen. Sie erwarten eine Erklärung.

Da sieht er, wie die Marie aus dem Haus tritt, sie stellt sich, ihm zugewandt, zwischen Steintrog und Stall, verschränkt die Arme. Das ist das Einzige, was sie tut, sie winkt nicht und kommt nicht näher, sie steht einfach da mit verschränkten Armen. Sie steht so weit weg, dass er nicht erkennt, ob sie zu ihm hochschaut oder in den Himmel oder sonst wohin, und gerade weil ers nicht erkennt, kommt es ihm vor, als würd sie ihn anstarren. Er hat das nicht gern, was starrt sie ihn auch an, während er Unkraut sticht.

Tanner geht ein Stück den Weidezaun entlang, bringt so den Stall zwischen sich und Marie. Hinter dem Schopf stürzt er den Sack, breitet das entwurzelte Unkraut auf den Steinplatten in der Sonne aus. Seine Mutter hat aus den Blättern der frühen Blacken jeweils noch Salat gemacht oder sie eingekocht wie Spinat. Er freut sich, sie nicht mehr essen zu müssen: Er wird sie trocknen und verbrennen.

Abends sitzt Tanner mit Vock und Amrein im Fumoir vom Staubigen Esel, und da hängt nicht nur Rauch in der Luft, sondern was anderes, was niemand aussprechen will. Sie sitzen stumm vor ihren Bieren, in denen die Blasen nach oben steigen, rauchen Krumme, schauen vor sich hin. Eine verstockte Lage. Die beiden haben bestimmt was gehört, nur was genau und wie kriegst dus raus, ohne selbst damit anzufangen?

Sein Kiefer ist verkantet, seine Zunge lahm. Er kann nur abwarten, bis jemand was sagt, und sich solange am Glas festklammern, hin und wieder einen Schluck nehmen, hoffen, dass Kiefer und Zunge sich entspannen.

So verhalten sich Schuldige.

Amrein ist schließlich der, der als Erster was sagt. Er erzählt einen Witz, den er heute in der Zeitung gelesen hat, und Tanner ergreift die Gelegenheit, setzt seine fröhlichste Fratze auf und lacht so laut, dass es fast zu viel ist. Er prostet den beiden zu, die prosten zurück.

Den Rest des Abends spricht man über das Übliche: Milchpreis, Heuwetter, Kuhkrankheiten.

Tanner schwankt den Kiesweg hoch. Aus der finsteren Wiese glühen Margeriten, er kniet sich hin und pflückt sich welche. Als Bub hat er gerne Blumen gepflückt, bis sein Vater ihm gesagt hat, dass bloß Mädchen das tun, und da ließ er es bleiben. Erst nach dem Tod seines Vaters hat er wieder angefangen, Blumen zu pflücken, aber immer für Marie. Als würde der Geist seines Vaters durchs Haus schweben und kontrollieren, für wen er Blumen pflückt. Marie freut sich über die Blumen, aber Tanner glaubt nicht, dass sie sich so sehr über sie freut wie er.

Er stellt die Margeriten in ein Wasserglas auf den Tisch und legt sich ins Bett. Sein Fuß findet Marie, alles ist gut. Mit seinen Zehen streichelt er ihre Wade, sie wird gleich ihr Bein wegziehen und über seine kalten Füße schimpfen. Aber sie zieht ihr Bein nicht weg, und sie schimpft auch nicht. Er ahnt, dass der Sturz ins Loch sie verändert haben könnte, nur weiß er nicht, wie. Für Beschädigungen an der Seele ist der Doktor nicht zuständig. Tanner ist so froh, dass noch alles dran ist an ihr. Er rückt näher und legt die Hand auf ihre Taille, spürt, wie sie sich versteift.

«Bist du noch wach?»

Sie summt.

Er will sich entschuldigen bei ihr, er will ihre Hände in seine nehmen und sagen: Es tut mir leid,

Marie, dass ich das Loch geheim gehalten hab, es ist meine Schuld, dass du reingestolpert bist, bitte vergib mir. Das will er ihr sagen, aber die Worte, die er findet, sind zu klein oder zu groß, und dann ist ihm, als gäbe es überhaupt keine richtigen Worte mehr. Die Gedanken, die nicht rauskönnen, schieben sich ineinander, reiben sich aneinander, erzeugen Hitze und Schweiß. Fische an Land bewegen so ihr Maul auf und zu. Seine Augen fangen an zu glänzen.

Rück raus mit der Sprache, Tanner, irgendwas musst du jetzt sagen. Er greift nach Worten wie nach Äpfeln, aber die Zweige weichen vor seiner Hand zurück. Dann sagt Tanner doch noch was, er sagt es zittrig, er sagt:

«Ich hab Blumen gepflückt für dich.»

Das ist alles, was er sagt, und er spürt, wie Maries Körper sich entspannt. Sie summt zufrieden, er rollt auf seine Seite.

Wie er so daliegt, denkt er sein Leben durch, was er richtig, was er falsch gemacht hat. Er schaut in sich hinein, in die dunkelsten Ecken seiner Seele schaut er und kehrt den Dreck, der dort hockt, unters Licht. Er nimmt ihn in die Finger, den Dreck, betrachtet ihn genau: Kleine Lausbubereien, was man halt so macht, wenn man jung ist, Äpfel klauen oder am Schulsilvester das Lehrerauto mit Rasierschaum zusauen. Und als Erwachsener: die gängigen Delikte, nachzahlen an der Parkuhr beispielsweise, aber wie die meisten Leute hat er immer gewusst, was zu weit geht. Nie wär ihm eingefallen, seine Milch zu verwässern oder den Schopf abzufackeln, um dann Geld von der Versicherung zu fordern. Beides hat es schon gegeben in Huswil.

Tanner hat so weit ein anständiges Leben gelebt.

Er würde wohl kaum irgendwas anders machen, wenn er sein Leben noch mal leben könnte. Außer vielleicht die Marie häufiger auf die Stirn küssen. Er hat bestimmt nichts getan, was die Löcher als Strafe rechtfertigen würde. Das müsste schon was Größeres gewesen sein, ein Banküberfall zum Beispiel, aber Tanner hat noch nie eine Bank überfallen. Hätte er, dann wüsste er wenigstens, woher die Löcher kommen.

Tanner schlummert ein und träumt von den Erdmännchen. Die kriechen aus den Löchern, kniehoch und in dreckstarrenden Hosen und Mänteln. Sie packen Tanner und tragen ihn, wie Ameisen einen Käfer tragen, hinaus aufs Feld, werfen ihn ins große Loch. Tanner fällt und fällt, bevor er von anderen Erdmännchen aufgefangen wird. Sie bringen ihn in eine unterirdische Stadt, die aus Erdhäusern besteht, Tanner sieht sogar einige Erdfrauchen. Er stellt die Erdmännchen und Erdfrauchen zur Rede, er will wissen, was das mit den Löchern eigentlich soll. Sie entgegnen: Irgendwo muss der Eingang ja sein zu unserer Erdstadt. Und das leuchtet Tanner dann doch ein. Ich hab immer gedacht, sagt er, hier unten wär die Hölle, aber da hab ich mich getäuscht, richtig gemütlich habt ihrs hier unten, es ist auch nicht zu heiß, nein, die Hölle ist das hier mit Sicherheit nicht. Und dann bringen ihn die Erdmännchen wieder nach oben, tragen ihn zurück in sein Haus, legen ihn wieder in sein Bett.

10

Der erste Bauer war ein Kerl, der keine Lust mehr hatte rumzulaufen. Er dachte sich, dass sie das Jagen und Sammeln aufgeben sollten, und so blieb er einfach stehen und sagte den Tieren: Bleibt. Und sie blieben, weil sie nur die Hand sahen, die ihnen Futter anbot, nicht aber die Hand hinter dem Rücken, die ein Messer hielt. Der erste Bauer steckte sich ein Stück Land ab und behauptete, das sei sein Besitz. Die andern glaubten ihm das und begannen ebenfalls, Land abzustecken.

Einer aber machte nicht mit, der hackte lieber auf einem Stein herum. Er hackte so lange, bis der Stein rund war und rollte, und er rollte ihn zu den Bauern und wollte ihn tauschen gegen Kohl und Rüben. Die Bauern schlugen ihn tot mit dem Stein.

Ein anderer hackte auch auf Steinen herum, fertigte aber eckige, die nicht davonrollten. Diese eckigen Steine konnte man aufeinanderstellen, sich reinlegen und es Haus nennen. Das war ein Riesengeschäft, da hatte einer die Bedürfnisse der Menschen erkannt: eckige Steine, die nicht davonrollen.

Blanker Hohn für den Tanner. Wegen diesem einen Kerl, der damals einfach stehen geblieben ist, hat er heute ein Problem. Er kann nicht einfach weiterziehen. Es ist sein Land, seit er damals mit seinem Vater auf der Gemeinde war, um den Eintrag im Grundbuch zu ändern: von Ernst Tanner sen. zu Ernst Tanner jun. Das Land ist beschädigt, aber es bleibt sein Land, mitsamt den Löchern. Ob ihm die Löcher selbst auch gehören, weiß er nicht, schließlich ist so ein Loch ja ein Nichts, und wie soll ein Nichts einem gehören. Doch falls ein Nichts einem gehören kann, dann ist Tanner rekordverdächtiger Besitzer gleich zweier Nichts.

Was die alles rausholen: Helme mit Lampen, Seile und Haken, gelbe Anzüge. Die wollen doch nicht etwa in die Löcher steigen, wenn da was passiert, ist am Ende noch er schuld. Regress, hat der Polizist gesagt, das geht in die Hunderttausende. Doch Frick und seine beiden Kolleginnen von der Universität lassen nicht locker, sie reden auf Tanner ein.

«Uns kann nichts passieren.»

«Wir sichern uns doppelt.»

«Die Seile sind reißfest.»

Die eine, sie heißt Martina, geht vor, um die Lage zu beurteilen. Sie steigt über das rot-weiße Absperrband und nähert sich vorsichtig dem jüngeren, dem kleineren Loch. Sie tritt an den Rand des Lochs und leuchtet mit einem Strahler hinein.

«Es sieht stabil aus, wir sollten es versuchen.»

Wieder bedrängen sie ihn, und was soll der Tanner da sagen. Die sind zwar jung, aber vernünftig, und wenigstens tun sie irgendwas, außer sich nur am Kopf zu kratzen. Seine Schultern zucken, er zündet sich einen Krummen an, pafft in den Wind. Der Rauch wird fortgetragen.

«Macht, was ihr wollt, aber schreit nicht nach mir, wenn einer reinfällt.»

Es klingt böser, als er es meint.

Sie lassen Martina am Seil ins Loch hinab, die Finsternis schluckt sie, der Lichtkegel ihrer Stirnlampe schrumpft. Tanner kommt sein Traum von den Erdmännchen in den Sinn, kurz erwägt er, ihn Frick zu erzählen. Aber er würde sich ja lächerlich machen, das ist bloß ein Traum gewesen. Dann geht ihnen das Seil aus, und sie ziehen Martina wieder hoch.

«Warst du ganz unten?», fragt Sangavi, die andere Studentin.

Martina grinst und schüttelt den Kopf.

«Es geht tief runter, richtig tief.»

Dann will sie natürlich noch ins große Loch, und auch hier stößt sie nicht auf Grund. Trotzdem sind sie zufrieden, sowas haben sie noch nie gesehen. Das ist nicht nur in dieser Gegend eine außergewöhnliche Erscheinung, das hat man wohl im ganzen Land noch nie gesehen. Es könnte sich sogar um eine Besonderheit über die Landesgrenzen hinaus handeln.

«Passen Sie auf, die Medien werden kommen und mit Ihnen sprechen wollen», sagt Frick.

«Hast du nicht gesagt, das gibts häufiger in dieser Gegend?»

«Aber nicht so groß, nicht so tief», sagt Martina.

«Was denkst du», wendet sich Tanner an Frick, «kann man die auffüllen mit Kies?»

«Da brauchen Sie aber ganz schön viel Kies.»

«Was heißt das? Wie viel?»

Frick murmelt was, drückt auf seinem Mobiltelefon herum.

«Vierhundert Kubik, mindestens.»

«Vierhundert», wiederholt Tanner.

«Nur fürs große.»

Marie bittet die drei, zum Mittagessen zu bleiben. Sie fragt nicht, was sie dort oben gemacht haben, zu sehr freut sie sich an den beiden jungen Frauen, die studieren und was aus sich machen.

«Wir konnten das halt noch nicht, wir mussten schauen, dass wir heiraten», sagt Marie. Es klingt nicht bitter, Tanner ist trotzdem unangenehm berührt. Auch er hätte was anderes werden können, wenn eines seiner Geschwister den Hof übernommen hätte. Schreiner oder Zimmermann wäre er gern geworden. Nur bringt es nichts, darüber nachzudenken.

«Aber heiraten und Kinder wollt ihr schon?», fragt Tanner.

«Ernst!», ruft Marie. «Sowas fragt man doch nicht.»

Die Studentinnen schauen sich gegenseitig an und lachen, in dieses Lachen schrillt das Telefon. Tanner steht auf und nimmt ab. Schmid von der Zeitung Soundso, der unabhängigen und überparteilichen und noch was Zeitung: «Spreche ich mit Herrn Tanner?»

«Am Apparat.»

«Ich habe gehört, was bei Ihnen los ist, erstaunlich ist das, ich habe schon viel erlebt in meinen zwanzig Jahren bei der Zeitung, aber sowas höre ich zum ersten Mal. Sie müssen wissen, in meiner Branche, da gibt es schwarze Schafe, Hyänen, Aasgeier, jawohl, Aasgeier des menschlichen Elends. Die sind nicht interessiert an Ihrem Schicksal, die wollen einen Aufmacher, große Lettern, darunter Ihr verzweifeltes Gesicht, dann werden Sie fallengelassen. Und alles verdrehen die, die Fakten und die Namen, das sind Aasgeier und Hyänen. Am besten, ich komm gleich bei Ihnen vorbei, wir sitzen zusammen und reden ein wenig, dann haben Sies hinter sich. Die andern, die danach kommen, können Sie dann mit ruhigem Gewissen wegschicken.»

«Ich überlegs mir», sagt Tanner, um nicht unfreundlich zu sein. Er wird sichs natürlich nicht überlegen, er will ja nicht noch auf die Löcher aufmerksam machen.

Er setzt sich wieder an den Tisch, wo Marie mit den Studentinnen scherzt, die noch nie ein Telefon mit Wählscheibe gesehen haben. Wie Marie aber ihn anschaut, hält sie inne und blickt besorgt. Tanner wiederum wendet seinen Blick Frick zu, der sich seinen Notizen widmet. Hat er geplaudert? Aber gerade vorhin hat er ihn doch gewarnt vor den Zeitungsleuten.

«Wer war das?», fragt Marie.

«Niemand», sagt Tanner und grinst, ohne zu wissen, warum.

Als er zum Zvieri hochkommt, ist Marie nicht da. Auf dem Tisch stehen ein Wurstbrotteller und eine

Schüssel Milch. Die ist mit einer Untertasse zugedeckt, damit die Kätzchen nicht auf dumme Ideen kommen. Bevor er sich hinsetzt, nimmt er den Telefonhörer zur Hand, wählt die Nummer vom Kieswerk. Es tutet, er kratzt sich den Rücken an der Türzarge. Ein Herr Spuhler meldet sich, Tanner fragt nach dem Preis für einen Kubikmeter Kies.

«Was für Kies brauchen Sie denn? Splitt? Rundkies? Betonkies?»

«Splitt», sagt Tanner bestimmt, obwohl er keine Ahnung hat.

«Fünfundsechzig Franken der Kubik.»

«Und Rundkies?»

«Das wären neunundfünfzig.»

«Danke», sagt Tanner und hängt auf.

Er klappt das Adressbuch gegen die Wand auf, kritzelt ein paar Zahlen hinein, und raus kommt eine Zahl, die so hoch ist, dass er lachen muss. So viel kostet es, das große Loch zu stopfen. Und dann bleibt immer noch das kleinere, das nicht klein ist. Aber was ist mit der Versicherung, die er auf dem Formular angegeben hat? Übernimmt die das nicht?

Er blättert durchs Adressbuch, wie hieß noch mal der Vertreter, irgendwas mit F: Frei, Frutiger, Freuler, ja, der wars. Wie ihm Freuler mitteilt, ist er versichert gegen Feuer und Wasser, gegen Diebstahl, auch seine Maschinen sind versichert, nur sein Land ist es nicht.

«Gegen Ernteausfall auch nicht?»

«Das haben Sie abgelehnt. Dann kann ich ja gleich aufhören, haben Sie gesagt, das weiß ich noch.»

Beim Abendessen ist eine Verlegenheit zwischen ihm und Marie, die da vorher nicht war. Sie fragt ihn, wie viele Brotscheiben er zur Suppe möchte, obwohl sie natürlich weiß, dass es zwei sind. Sie fragt auch nicht so, als hätte sies vergessen, eher so, als würd sie ihn gar nicht kennen: wie man einen Gast fragt. Es ereignen sich Szenen, die einen Zuschauer auflachen ließen. So reicht Tanner ihr seinen leeren Teller, das macht er sonst nie, und Marie, darüber so erstaunt, lässt ihren Teller einfach los. Als der auf dem Boden zerscheppert, lässt sie vor Schreck seinen Teller auch noch fallen. Unter Entschuldigungen holt sie Kehrblech und Handfeger und kehrt die Scherben zusammen.

Schon am nächsten Tag kommen die Zeitungsleute auf seinen Hof, denen ist nicht mal der Sonntag heilig. Sie wollen mit ihm sprechen, aber er lässt sie stehen. Wenn er aus dem Stall kommt, stellen sie ihm dumme Fragen, aber er hört nichts, sieht nichts, sagt nichts. Es stört die Zeitungsleute offenbar nicht, dass sie ihm im Weg stehen.

Nach dem Melken lässt er die Kühe im Stall, ihm ist nicht wohl dabei, sie auf die Weide zu treiben. Es hat ihm einen schönen Schrecken eingejagt, wie tief runter die Studentin am Seil gekommen ist. Wenn eine Kuh in so ein Loch reinfällt, dann wars das mit der Kuh. Seine Mädchen schauen ihn fragend an. Die Leine, an die ihre Schwänze geknotet sind, schwingt auf und ab. Er bleibt hart.

Er geht ins Haus, sie müssen gleich los zum Gottesdienst. Während Marie sich im Bad fertig macht, steht er am Fenster im Gang, späht auf die Aasgeier unten. Sie sprechen so laut, als wären sie hier zuhaus, sie setzen sich sogar auf den Rand des Steintrogs. An diesem Fenster stand sein Vater manchmal, das Jagdgewehr im Anschlag, den Stumpen im Mundwinkel, hat Spatzen und Krähen abgeknallt. Auch einäugig hat er die noch ganz gut getroffen: Zum Zielen braucht man eh nur ein Auge. Eine Ladung in die Wade würde denen da unten auch nicht schaden.

«Gehen wir hinten raus», sagt Tanner. Marie nickt, und so gehen sie runter ins Erdgeschoss, vorbei an den Gestellen mit den Mostflaschen, durch die Hintertür auf die Straße.

Der Pfarrer küsst den Altar, fängt an zu predigen. Tanner döst in der hintersten Bank. Heilige Phrasen mischen sich in sein Nickerchen. Marie hats schon vor Jahren aufgegeben, ihn mit dem Ellbogen zu wecken, er nickt ja doch wieder ein. Der Blick des Hirten wandert von Schäfchen zu Schäfchen, bleibt ruhen auf Marie. Sekundenlang, bis sie die Augen niederschlägt.

Am Ende der Predigt schließt er das Kästchen auf, holt Wein und Brot heraus, weihevoller Gesang erklingt. Tanner wacht auf, streckt alle viere von sich. Der Pfarrer legt den Leuten den Leib des Erlösers auf die Zunge. Tanner kommt an die Reihe, er streckt die Zunge raus, der Pfarrer murmelt seine Formel. Tanner schaut ihm nicht in die Augen, er schaut auf die haarigen Raupen über ihnen. Er kriegt aber keine Hostie, was ist denn los, will er ihm das Sakrament verweigern, vor der ganzen Gemeinde? Muss er ihm die verdammte Hostie aus den Fingern reißen? Jetzt schaut er dem Pfarrer doch ins Gesicht. Es ist überraschend freundlich, die Lippen bewegen sich, sie formen ein Wort, aber was für eins? A – M – Er hat das Amen vergessen! Es platzt aus ihm heraus, der Pfarrer legt ihm die Hostie auf die Zunge, ein Schluck Erlöserblut hintendrein.

Man steht vor der Kirche zusammen, um zu plaudern. Marie plaudert auch, aber Tanner will nicht auf den Pfarrer treffen, er braucht keine komischen Psalmen, das Lateinische hilft ihm grad wenig. Wenn der Pfarrer vierhundert Kubik Brechsand vorrätig hätte: Das würde ihm helfen.

Tanner entfernt sich, schlendert über den Platz, zur Säule hin. Er hat keine Lust auf die überanständige Höflichkeit der Leute, die so tun, als wüssten sie nichts von den Löchern oder als interessierten sie sich nicht für sie. Sollen sie ihn doch fragen! Das wär ihm am liebsten. Sollen sie ihn fragen: Was sind das für Löcher, Tanner? Was hast du getan, um diese Strafe zu verdienen? Und woher hat Marie die blauen Flecken? War dir wohl alles zu viel, was, konntest dich nicht mehr beherrschen? Aber das zu fragen sind sie zu feige. Sie bleiben höflich, und Marie denkt wohl, alles ist gut, doch später zerreißen sie sich die Mäuler:

«Es tut sich was da oben.»

«Die Presse hat er sich auf den Hof geholt.»

«Er weiß halt: Sowas wollen die Leute lesen.»

Auf diese Weise lästern die Leute über ein Mädchen, das schwanger, aber nicht verheiratet ist, über eine Scheidung, über den Erbstreit zwischen Geschwistern. So häufig hat er diese fremden Stimmen gehört, dass sie jetzt in seinem Kopf sind.

«Am Ende profitiert er noch davon.»

«Da fragt man sich schon ...»

«Ob er nicht selber ...»

«Nicht verhindert jedenfalls.»

«Das Land ist versichert, hab ich gehört.»

Er ist vor der Säule stehen geblieben, schaut zur Spitze hoch, die nicht spitz ist, sondern wie mit dem Messer abgeschnitten. Da könnte man sich sogar draufstellen. Er schaut rüber zu Marie, die nicht merkt, dass er rüberschaut. Soll er einfach gehen? Zuhause aber warten die Aasgeier.

An der Säule vorbei geht er zum Staubigen Esel, setzt sich an den leeren Stammtisch im Fumoir. Marta legt ihm zur Begrüßung einen Bierdeckel hin, sie versteht ihn ohne Worte. An einem Sonntag kaute er mal auf einem Bierdeckel rum, nach ein paar Bieren. Sein Verdacht bestätigte sich: Der Leib des Erlösers schmeckt wie ein Bierdeckel.

Vock und Amrein kommen herein, setzen sich zu ihm. Zögerlich, wies scheint. Nach ein paar Stangen zergeht Tanner fast, er ist tief in den Stuhl gesunken, lässt die Schultern hängen. Wer hat bloß die Schwerkraft hochgedreht, sie zieht ihn nach unten, zum Erdkern, sie gibt nicht auf. Fast küsst er den Stammtisch, wie der Pfarrer den Altar immer küsst. Er kann den beiden nicht in die Augen schauen, eine unsichtbare Hand hat ihn im Genick gepackt und drückt ihn nieder, sein Kopf rot angelaufen. Und dann beginnt er auch noch zu stammeln, mein Gott, es ist nicht zum Anschauen, wie er fast zergeht. Amrein stößt auf, ihm ist wohl

schlecht geworden von diesem
Tanner, der hündisch und besoffen hochschaut zu ihm. Die Augen
mit viel Weiß und glänzend.
«Weißt du, weißt du noch, damals ...
der alte Lehrer Rohner, der so schlecht gehört hat, das weißt du doch noch ... Wir in den Bänken hinten, und der alte Rohner vorne, und beim Kopfrechnen haben wir manchmal ganz falsche Antworten gegeben, doch hat er gesagt, richtig, weil er so schlecht gehört hat. Und weißt du noch, der Lusti, der Postautochauffeur, der hat uns manchmal gratis mitfahren lassen, und wir dann mit dem Geld an den Kiosk, Süßigkeiten kaufen, die Mägen vollgeschlagen haben wir uns vor dem Mittag, und einmal ist mir so schlecht gewesen, dass ich nichts essen konnte. Meiner Mutter ist das wohl komisch vorgekommen, ich hab sonst immer einen rechten Appetit gehabt, aber ihren Blick werde ich nie vergessen, sie hats gewusst, woher auch immer, aber sie hat nichts gesagt.»

Da legt der Tanner den Arm um den Amrein, und der stützt sich nach vorn auf den Tisch, entkommt dem Arm aber nicht. Dass er ihn bewundert, sagt er dem Amrein, für seinen anständig geführten Hof, für seine tapfere Frau, für seine gut erzogenen Kinder.

Was er will, wird noch nicht klar.

Dann aber rückt er endlich raus mit der Sprache. Erzählt von seiner Notlage: Seine Kühe müssen im Stall bleiben, und er kann gerade noch genug Gras mähen, um sie jeden Tag satt zu kriegen, aber keines zum Heuen, für den Winter. Die Löcher erwähnt er mit keinem Wort.

Amrein nimmt ihm den schweren Teil ab:

«Geld kann ich dir keins geben, aber eine Hektare hab ich, die brach liegt. Drüben, am Neulig.»

Tanner ist gerührt von so viel Nächstenliebe. Die gibt es ja wirklich, nicht nur in den Geschichten vom Pfarrer. Er will den Amrein eigentlich küssen, so gerührt ist er, aber er besinnt sich rechtzeitig und schüttelt ihm bloß die Hand, bedankt sich viele Male.

Er tritt den Heimweg an, die Erde bewegt sich, dass ihre Säulen erzittern, mal ufe, mal abe, mal lings, mal rächts. In der Stube sitzt die leise verdrehte Marie, sitzt im Dämmer und strickt. Als der Tanner seine Marie so sieht, kommt das Gerät, das ihm links im Brustkorb sitzt, aus dem Takt, es ruckelt gewaltig. Tanner sinkt vor ihr auf die Knie (ruckel), nimmt ihre Hände in seine, sie lassen das Stricken sein. Er ist so froh, dass es sie gibt, er hat sie so lieb (ruckel), jetzt wird alles gut.

Er legt seinen schweren alten Schädel in ihren Schoß, riite riite Rössli, auf ihre Strickarbeit, und sie streichelt sein Ohr, immerzu sein Ohr, und dann auch die Stelle hinter dem Ohr, was er eigentlich noch lieber mag.

Sie weiß alles, ich brauche nichts zu sagen, sie hat mich angeschaut und alles gewusst, wie meine Mutter damals.

11

Tanner streicht Brosamen in den Milchkaffee. Er nimmt den ersten Schluck, schaut auf die Margeriten, freut sich an ihnen, obwohl sie schon die Köpfchen hängenlassen. Er schlägt den Anzeiger auf, blättert schlürfend.

Was zum–?

Tanner fällt fast von der Bank.

Das sind doch seine Löcher in der Zeitung!

Er nimmt das Blatt vom Tisch, damit Marie das nicht sieht, wenn sie reinkommt. Er liest: Im Acker des Bauern E.T. ... E-Punkt-T-Punkt nennen sie ihn! Das klingt ja, als hätte er was verbrochen, als wäre er der Schuldige, fehlt nur noch ein Foto mit schwarzem Augenbalken. Und dürfen die die Löcher einfach so zeigen? Er liest weiter: Das größere der beiden Löcher hat einen Durchmesser von rund sechs Metern. Wie groß die Ausdehnung der

Hohlräume unter der Erde ist, sei nicht bekannt, sagt Geologe Roman Leuthold. Für solche Fälle gebe es verschiedene Methoden. Für die Löcher in Huswil schlage er eine geoelektrische Sondierung vor. Mithilfe von Strom könnten die Hohlräume im Boden erforscht und ein dreidimensionales Bild von ihnen erstellt werden. So ließe sich die Ausdehnung des Höhlensystems genauer bestimmen und auch, welche Gefahr von ihm ausgehe. Der betroffene Bauer E.T. war gestern für eine Stellungnahme nicht erreichbar.

Marie kommt herein, Tanner knistert hastig die Zeitung zu. Sie legt einen Zettel auf den Tisch.

«Du musst deine Taschen leeren, bevor du was in die Wäsche gibst.»

Es ist der Zettel, auf den der Pfarrer den lateinischen Satz geschrieben hat. Was bedeutet er schon wieder? Irgendwas mit Abgrund. Tanner steht auf, klemmt die Zeitung unter den Arm, steckt den Zettel in die Brusttasche, schlürft das Schüsselchen leer. Im Bad steckt er die Zeitung unters Hemd in den Gurt, trägt sie so nach draußen, begräbt sie im Miststock. Aus dem Stall muht es. Der Kirschbaum blüht weiß, und die Kühe vergehen im Stall, es bricht ihm das Herz. Zurück in der Stube, fragt Marie ihn, ob er die Zeitung gesehen hat, er schüttelt den Kopf.

«Du hast sie doch eben noch in den Fingern gehabt.»

«Ich ... vielleicht hab ich sie im Bad gelassen.»

Gott sei Dank klingelt das Telefon.

Sie geht aus der Stube, Tanner nimmt den Hörer ab. Es ist die Polizei, nicht Frau Rossi, sondern ein Wachtmeister Soundso, sie haben da jemanden geschnappt.

Tanner kanns kaum glauben.

«Wen haben Sie denn geschnappt?»

«Zwei Verdächtige haben wir, zwei Buben, nicht einmal volljährig. Sie haben sich in der Nähe Ihres Ackers aufgehalten in der betreffenden Nacht. Ich hab sie bereits befragt, sie machen widersprüchliche Aussagen, das macht sie verdächtig.»

«Aber das ist ja Unsinn.»

«Sie haben doch Anzeige erstattet, oder nicht, Herr Tanner, gegen unbekannte Täterschaft. Und hier sitzt sie nun vor mir, die unbekannte Täterschaft, die mutmaßliche. Sie müssen nur vorbeikommen und sie identifizieren.»

«Aber wie soll ich das wissen? Nichts gesehen und nichts gehört hab ich.»

«Ja, ja, nichts gesehen und nichts gehört, das kennen wir, aber wenn Sie die beiden Halbstarken hier vor mir sehen könnten–», schrilles Lachen.

«Das war aber gar kein Mensch», sagt er. «Verstehen Sie? Es gibt keine Täterschaft.»

«Wenn Sie die beiden hier sehen könnten, wie die Schuld an ihnen nagt … Sie brauchen die Strafe.»

Das klingt nach in Tanners Schädel.

«Sind Sie noch dran?»

Das braucht er also, um die Schuld loszuwerden: eine Strafe? Tanner schnauft in die Hörmuschel, Wasser steht ihm in den Augen.

«Herr Tanner?»

«Mich sollten Sie bestrafen.»

«Wie bitte?»

«Meine Frau, sie ist – sie ist … reingefallen. Und ich bin schuld. Mich sollten Sie bestrafen.»

Tanner legt auf, streicht sich das Wasser mit den Fingern aus den Augen. Als Marie reinkommt, dreht er sich weg, holt rasch das Taschentuch raus, putzt sich die Nase.

«Du, da sind Leute oben beim Kirschbaum.»

Tanner tritt ans Fenster. Dort oben stehen tatsächlich Leute. Er geht hoch, die Leute stehen jenseits des Absperrbandes, sie haben Gerätschaften dabei. Wie Reporter sehen die nicht aus. Sie werfen mit Blicken nach ihm, aber keinem fällt es ein, ihn zu grüßen.

Tanner bleibt eine Weile stumm stehn, die tun alle recht beschäftigt. Ob das wohl die geoelektrische Sondierung ist? Er greift in die Tasche, nimmt die Schachtel mit den Krummen hervor, steckt sich einen in den Mund. Er streicht ein Streichholz an, es geht gleich wieder aus. Er streicht ein zweites an, schützt die Flamme mit der gekrümmten Hand, durch die der Wind nicht kommt.

In Tanner tut es: Was glauben die, was die da machen? Sondieren die einfach meinen Boden. Die können doch nicht überall sondieren, wos ihnen grad passt. Fortjagen mit dem Gewehr müsste man die, den Muni auf sie loslassen, sie mit der Traktorschaufel in die Löcher schaufeln. Das wär sein gutes Recht, das ist immer noch sein Land, auch wenn es mit Mängeln behaftet ist.

Tanner will sein Recht laut und deutlich einfordern, aber seine Zunge will nicht. So steht er am Absperrband, schaut streng, pafft stumm, zieht wieder ab.

Zurück in der Stube, fragt Marie, was die da machen.

«Die messen.»

«Was messen sie?»

«Die Tiefe vermutlich.»

Ihn überläufts kalt. Das ist das erste Mal, dass er vor Marie zugegeben hat, dass die Löcher existieren.

Zu den Leuten mit den Gerätschaften kommen am Nachmittag weitere, vom Fernsehen. Erst verleidet man Tanner das Zeitungslesen, jetzt auch noch das. Alle paar Tage parkt der Wagen einer anderen Station auf dem Feldweg. Kameras werden aufgestellt, einige Reporter steigen über das Absperrband und trampeln auf dem Weizen rum, um ganz nah von den Löchern berichten zu können. Erst der Regionalsender, dann der Landessender, schließlich kommen sie auch aus dem Ausland. Sie strecken ihm ihre Mikrofone hin, stellen Fragen in verschiedenen Sprachen, Tanner antwortet in keiner Sprache. Er macht sich nicht einmal die Mühe, sich zu entschuldigen, keiner der Presseleute kann ihn zum Sprechen bewegen: Tanner schweigt.

12

Je höher der Weizen, desto tiefer scheinen die Löcher. Der Wind streicht über den Weizen, meist zärtlich, manchmal grob, als wolle er ihn zu Fall bringen. Das aber schaffen bloß Sturm und Regen. Die hinterlassen Muster im Feld, als wäre einer drin rumgetrampelt mit schweren Stiefeln.

Mittels geophysikalischer Messungen, lässt die Gemeinde Huswil auf Nachfrage mitteilen, sei der Untergrund auf weitere Hohlräume untersucht worden. Die Röntgung habe ergeben, dass man es wohl mit einer Hangrutschung zu tun habe. Da die Löcher kreisrund sind, ging man erst davon aus, es handle sich um sogenannte Erdfälle. Zur Vermeidung von Unfällen wurde das Gebiet weiträumig abgesperrt. Geowissenschaftler hätten indes nicht ausgeschlossen, dass die Löcher sich verändern, sich noch ausweiten könnten. Bedroht seien dann nicht nur die Zubringerstraße, sondern auch die Gebäude in der Nähe.

Tanner sitzt auf der Bank im Stall, eine Kuh nach der anderen hat er abgeklopft. Ihre Hüftknochen stehen spitz raus, ihre Hungergruben gehen tief. Mittlerweile ist sein ganzes Land von Absperrband umfasst, er traut sich nicht mehr, mit der Mähmaschine Gras zu mähen. Seine Kühe fressen Heu und Gärfutter wie im Winter, darüber beschweren sie sich regelmäßig. Bevor die Vorräte aufgebraucht sind, muss ihm was einfallen. Wie er seine Kühe satt kriegt, wie er sich und Marie satt kriegt.

Tanner ist nicht einer, der sich gern mit Zahlen beschäftigt. Er traut ihnen nicht. Man reiht Zahl um Zahl aneinander, trotzdem wird nichts draus wie bei den Buchstaben. Reiht man die aneinander, wird ein Wort draus, zum Beispiel «Birne», und eine Birne kann man in die Hand nehmen und drüberstreichen. Zahlen sind anders. Gleich, wie viele man aneinanderreiht, man kann sie nicht in die Hand nehmen und drüberstreichen. Beim Aneinanderreihen von Zahlen kann einem sogar schwindlig werden. Doch jetzt ist Tanner in einer Notlage, und er muss sich mit den Zahlen beschäftigen, ob er ihnen traut oder nicht, selbst wenn ihm dabei schwindlig werden sollte.

Tanner geht ins Haus, zieht die Stiefel aus, knarrt die Treppe hoch, setzt sich auf die Bank im Gang. Er nimmt Büchlein und Bleistift hervor, schreibt Zahlen hinein, die für die Heuballen und die Gärfutterballen stehen. Es ist der Vorrat für nächsten Winter, der nun schon gefährlich geschrumpft ist.

Tanner rechnet, aus mehreren Zahlen wird eine einzige: Achtzehn. Achtzehn Tage werden die Ballen reichen, wenn er so sparsam mit ihnen umgeht wie bisher. Lange hat er sich damit nicht auseinandersetzen wollen, und jetzt erschreckt ihn diese Zahl. Die andern Bauern heuen schon seit Ende April, Tanner hat noch nicht ein Fitzelchen Heu eingebracht dieses Jahr. Wo bleiben die Erdmännchen und Erdfrauchen, wenn man sie wirklich braucht?

Die Milch verkauft Tanner zu zweiundsechzig Rappen das Kilo. Zu wenig, um als Mensch anständig leben zu können. Und ob der Preis so bleibt oder gar noch sinkt, kann ihm auch keiner sagen, er hat von der Molkerei keinen Festpreis garantiert. Die Milch ist nichts mehr wert, und du mit deinen zwölf Kühen, was willst du schon, selbst die Bauern mit zwanzig oder dreißig Kühen darben, weil die Milch nichts mehr wert ist. Der Straub hat recht, der Milchsee ist der größte See in diesem Land. Viele steigen um auf Fleisch, wie der Joho, andere auf Mist. Aus Mist wird Energie gewonnen, der ist schon mehr wert als die Milch. Nur leider machen Kühe nicht so viel Mist wie Milch.

Am schlimmsten aber trifft ihn der Ausfall des Weizens. Kein Mähdrescher, den er samt Fahrer jeden Sommer zur Ernte anmietet, wird sich auf sein löchriges Land wagen. Der Weizen wird reifen, wird blühen, wird welken. Sollst das Kraut auf dem Felde fressen. Tanner ist ein Bauer ohne Erde. Hat man sowas je schon gehört?

Im fast blinden Spiegel, der auf dem Boden steht, spiegelt sich kein Bauer, sondern ein Mensch männlichen Geschlechts, der ihm irgendwie bekannt vorkommt. Er schaut aus, als wär er mal Bauer gewesen, aber daran erinnert bloß noch sein Äußeres. Eigentlich will er diesen Typen nicht kennen, der sich als Bauer verkleidet, obwohl er gar keiner ist. Mit derartigen Personen will er nichts zu tun haben.

Der Tanner hat einen mächtigen Brustkorb, aber jetzt wird ihm sogar der zu klein. Er atmet tief ein, so tief, dass es sticht, beginnt dann, flach zu atmen, aus Angst, in ihm könnte was reißen oder brechen. Ein-aus, ein-aus, ein-aus. Er schließt die Augen, alles dreht sich – gut, dass er schon sitzt.

Wo hat er denn–

Ein-aus ein-aus ein-aus.

Wo ist der–

Er sucht nach dem Zettel, findet ihn in der Brusttasche, schon ganz zerknittert die Worte. Sie trösten ihn, obwohl er nicht mehr weiß, was sie bedeuten. An den Rat des Pfarrers erinnert er sich natürlich, aber er vermeidet es noch immer, mit Marie darüber zu sprechen. Nur wenns unbedingt nötig ist, tut er es. Diese Gespräche finden niemals am Tisch statt, sondern im Stehen, zwischen Tür und Angel, mit abgewandtem Blick und gesenkter Stimme.

Und dann zieht was an Tanner. Nicht nach unten, sondern nach vorn, es zieht ihn nach draußen, auf sein Land hinaus. Er steigt übers Absperrband, geht in der Fahrspur das Weizenfeld hoch, hin zum Kirschbaum, legt seine Hand auf die Rinde. Er kann wieder richtig atmen. Der Baum bückt sich übers Loch wie ein alter Mann mit alten Augen, neigt sich hinab mit steifem Kreuz, weil er sehen will, was da unter ihm ist.

Tanner schaut über sein Land, übers offene Land, übers wunde Land. Sehet die Vögel: Krähen auf dem Feld, Spatzen im Baum, Schwalben am Himmel. Die flache Sonne streut Licht in die Baumkrone, Mückenschwärme steigen und sinken. Er setzt sich unter den Baum, er presst die

Hände in die Erde, um sie zu spüren, seine Erde. Der Himmel über ihm bewegt sich, ja, bewegt sich. Sehet die Vögel, sie säen nicht, ernten nicht, und euer himmlischer Vater ernähret sie doch.

Tanner möchte ein Vogel sein.

Sein ganzes Leben hat er keine fremde Hilfe angenommen, hat schlecht gedacht von den Bauern, die sich zu rasch helfen lassen. Sein Vater wäre lieber zugrunde gegangen, als sich helfen zu lassen. Aber wie sehr er auch hin- und herdenkt, er braucht die Hilfe vom Amrein wirklich. Er hofft, dass deswegen niemand schlecht von ihm denkt.

13

Als Tanner sich entschlossen hat, Hilfe anzunehmen, wird ihm ganz leicht zumute. Das erste Mal seit Langem fühlt er, dass doch alles gut wird. Er geht den gewundenen Kiesweg hinab und pfeift: kein Lied, sondern das Zilpzalp des Zilpzalps aus dem Wald. Unten im Dorf fällt ihm auf, wie festlich alles geschmückt ist. An den Straßenlampen hängen Blumenkränze, über der Hauptstraße flattern die Fahnen der Gemeinde, des Kantons, des Landes, auf einer Wiese steht ein Festzelt.

Amrein ist gerade dabei, Heu vom Ladewagen ins Gebläse zu gabeln, das es nach oben in den Heustock bläst. Es läuft mit Benzin und ist nicht leise, Tanner muss seinen Gruß rufen, damit Amrein ihn hört. Der grüßt zurück. Tanner zündet sich einen Krummen an, pafft vor sich hin, Amrein gabelt und gabelt in einer Wolke aus Heustaub. Eigentlich würden sie jetzt übers Heuen reden oder übers Ernten, aber Tanner ist nicht am Heuen und nicht am Ernten. Und so kommt aus seinem Mund bloß blauer Rauch.

Komm schon, rück raus mit der Sprache.

«Wegen dem ... wegen der Wiese am Neulig», ruft er.

Amrein gabelt weiter Heu vor die Ansaugöffnung. Hört er ihm überhaupt zu?

«Wegen der Wiese am Neulig», wiederholt Tanner mit fester Stimme.

Amrein hält inne, stellt die Gabel auf, runzelt die Stirn.

«Du hast mir doch damals ... ich habe ja keine ... meine Kühe haben kein Futter, und ich ... du hast mir ... sozusagen versprochen ...»

Er verstummt.

Amrein zieht ein Stofftaschentuch aus der Hosentasche, schnäuzt sich die Nase, steckt es wieder ein.

«Was hab ich versprochen?»

Tanner verlässt der Mumm: Am liebsten würd er sich umdrehen und gehen. Aber dann denkt er an seine Kühe, an Palma, an Fiona, ans Vreni, denkt an ihre spitzen Hüftknochen, an ihre tiefen Hungergruben.

«Dass ich ... dass ich die Wiese mähen kann. Für meine Kühe.»

«Die Wiese brauch ich selber. Viel geregnet hats ja nicht.»

Amrein macht weiter, damit ist das Gespräch beendet. Tanner steht einen Moment lang starr, sagt einen Gruß, geht vom Hof. Ihm dämmert: Amrein hat das Angebot in seiner Bierlaune bloß gemacht, weil er sicher war, dass Tanner zu stolz ist, es anzunehmen. Nicht, dass Tanner besonders stolz wäre, nein, es geht hier um einen Stolz, den alle Bauern haben: Sie wollen immer alles alleine schaffen.

Tanner pfeift nicht mehr. Auf einem Anschlag liest er, dass tatsächlich bald ein Fest stattfindet. Im ganzen Dorf soll es besondere Anlässe geben: Die Handwerker bieten Einblick in ihre Arbeit, Stände verkaufen Würste und Käse aus einheimischer Produktion, die Säule auf dem Dorfplatz wird von einer Künstlerin geschmückt.

Das muss das Fest sein, das die Ammännin ihm versprochen hat!

Tanner ist der Aufwand, der seinetwegen getrieben wird, peinlich, die ganzen Fahnen und Blumen und Festzelte. Aber das Geld könnte er wirklich gut gebrauchen, um Kies zu kaufen für die Löcher und auch Heu für seine Kühe. Er will einmal abwarten, die Ammännin lieber nicht drauf ansprechen. Aber er muss sich überlegen, wie er sich erkenntlich zeigen könnte. Wie bedankt man sich für ein so riesiges Geschenk?

Bei einem Geschenk von normaler Größe umarmt man den Schenkenden, gibt ihm ein Küsschen – soll er rumrennen und jeden Huswiler umarmen, jedem ein Küsschen geben? Selbst wenn, er bleibt in ihrer Schuld.

«Da kommt ja der Tanner.»

«Den gibt es nur noch, weil wir für ihn gesammelt haben.»

«Den haben wir gerettet.»

«Das hat er schon vergessen.»

«Wie undankbar er durchs Dorf stolziert.»

«Der soll den Hut abnehmen.»

«Der soll sich verbeugen.»

«Der soll in den Staub, uns die Füße küssen.»

Am Vorabend des Festes ist er verzweifelt. Er wird die Hilfe niemals abgelten können. Bei der Übergabe des Geldes wird er sich schämen, er wird sich nicht freuen können, und dann denkt das ganze Dorf, er wäre undankbar. Er muss der Ammännin mitteilen, dass er das Geld nicht annehmen wird, das Fest aber natürlich stattfinden kann. Ziffer um Ziffer greift er in die Wählscheibe, doch verlässt ihn vor der letzten der Mut. Er hängt auf.

Marie will bei der Eröffnung im Festzelt dabei

sein, aber allein kann sie natürlich nicht gehen, wie sieht das denn aus.

«Sag, ich bin krank.»

«Du bist nie krank.»

«Sag, eine Kuh hat sich das Bein gebrochen.»

«Warum kommst du nicht einfach mit?»

«Ich ertrag die Höflichkeit der Leute nicht. Das heißt, sie denken, das wär Höflichkeit, aber manchmal, manchmal ist es besser, nicht höflich zu sein, sondern –»

Marie nickt, als hätte sie tatsächlich verstanden, was der Tanner da zusammengestammelt hat. Und sie bleibt bei ihm an diesem Abend.

Während des Festes geht Tanner nicht ins Dorf und vermeidet jede Begegnung mit anderen. Am dritten und letzten Tag des Festes erhält er unerwarteten Besuch. Er spritzt sich am Steintrog den Dreck von den Gummistiefeln, als das Auto der Ammännin in der Auffahrt hält. Sie hat ihn schon gesehen, er kann sich nicht mehr verstecken. Kommt sie ihn holen, um ihm auf dem Dorfplatz feierlich das Geld zu überreichen?

«Wir haben dich schon lange nicht mehr gesehen im Dorf, besonders während dem Fest nicht, darum wollte ich mal nachschauen, ob alles in Ordnung ist.»

«Ich schätze sehr, was ihr für mich macht, aber ich ... Ich kann das nicht annehmen.»

Die Ammännin schaut ihn eine Weile an, ihr Mund steht offen, aber keine Worte kommen raus. Zum ersten Mal erlebt er sie sprachlos. Tanner fragt sich, ob sie jetzt wohl böse wird, ob sie ihn undankbar schimpft. Aber dann wird ihr Gesicht freundlich, fast vergnügt.

«Deine Entscheidung muss ich akzeptieren, ich kann ja niemanden zwingen, sich helfen zu lassen.»

Dass es so einfach gehen würde, hätte Tanner nicht gedacht.

14

Als er den reifen Weizen sieht, packt den Tanner die Wut. Er nimmt die Sense und haut die Ähren ab, wie es die Ahnen gemacht haben. Aber die Ahnen hatten Knechte und Kinder, die geholfen haben beim Sensen, beim Bündeln der Garben, beim Dreschen. Tanner hat bloß Maschinen, und die sind nutzlos. Blind haut er auf den Weizen ein, der Schweiß läuft ihm in die Augen, die Welt verschmiert.

Irgendwann hält er inne, wischt sich übers Gesicht. Nicht mehr als eine lächerliche Schneise hat er ins Feld geschnitten. In seiner Wut hat er geglaubt, schon das halbe Feld umgesenst zu haben. Er legt die Sense nieder, steckt sich einen Krummen an, füllt die Backen mit Rauch. Lässt ihn durch die Nase raus, der Wind trägt den Rauch davon, der Wind lässt Tanner schaukeln. Aber seine Beine stehen stramm, er wiegt sich im Wind wie Bäume, um nicht zu brechen. Wenn ihn einer so sieht ... Dem müsste man erklären: Er wankt nicht aus Schwäche, sondern weil die Lage es erfordert, weil er nicht brechen will.

Zuhause setzt er sich an den Computer, öffnet das Schreibprogramm. Er ist doch Bürger der Gemeinde Huswil, und als Bürger ist er berechtigt, Gesuche zu stellen. Er will keine Wiesen geschenkt und keine Almosen, es soll alles seine amtliche Ordnung haben. Dann steht er später bei keinem in der Schuld. Wenn sie beim Fest Geld für ihn gesammelt hätten: Wie könnte er je wieder einem Huswiler in die Augen schauen?

Aber ein Gesuch um einen Sanierungskredit ist was anderes, das geht den amtlichen Weg, er wird allen weiterhin in die Augen schauen können. Die Gemeinde hat ein festes Budget, und die Bürgerversammlung stimmt ab, wie dieses Budget eingesetzt wird. Die Gemeinde muss doch ein Interesse daran haben, dass die Löcher sich nicht ausweiten und das ganze Dorf verschlingen.

Tanner beruft sich bei der Tiefe der Löcher auf Frick, auch wenn die Zeitungen was anderes geschrieben haben. Er rechnet schriftlich vor, was es kosten würde, die

Löcher zu stopfen. Auch die Ammännin wird das Gesuch wohl lesen, was ihm unangenehm ist. Vor Kurzem hat er ihre Hilfe zurückgewiesen, und jetzt kommt er doch. Aber das ist was anderes, ein Gesuch um einen Sanierungskredit ist was anderes.

Tanner tippt vor sich hin, Marie fragt schon gar nicht mehr. Sie lässt ihn machen, er weiß schon, was er tut.

Nachdem das Gesuch verschickt ist, ruft er den Rinderschauer zu sich. Der soll ihm einen guten Preis machen für die zwölf Stück Vieh. Ob er sie tatsächlich verkaufen muss, weiß er noch nicht. Aber was er weiß: Besser, sie werden geschlachtet, als dass sie verhungern. Er könnte sie auch versteigern, aber dann würden die anderen Bauern auf seinen Hof kommen. Das will er nicht. Und bei einer Versteigerung wird man nicht immer jede Kuh los.

Aus dem Schlachthof der Stadt kommt einer, der heißt Rentsch, ein ernster Mann mit langen Beinen. Er erinnert Tanner an einen Weberknecht. Die werfen ihre Beine ab, um zu entkommen, natürlich nicht alle Beine, bloß eins. Ob der Rentsch wohl auch was abwirft, wenn man ihn packt?

«Möchten Sie Kaffee?», fragt Tanner.

«Danke, habe noch andere Termine, leider keine Zeit. Zu den Tieren, bitte.»

Rentsch gestikuliert mit den Händen, was fuchtelt der nur rum. Tanner schwingt die Stalltür auf. Die Tiere recken die Hälse, sie merken, dass jemand da ist, den sie nicht kennen.

«Etwas dunkel haben Sies hier drin.»

Was dunkel. Der soll das Fuchteln sein lassen.

Die Schlachttieruntersuchung ist bei ausreichender Beleuchtung vorzunehmen.

Rinderschauer Rentsch nimmt eine Taschenlampe hervor, beleuchtet die Tiere von allen Seiten. Auf sein Klemmbrett schreibt er, was er sieht. Wenn er schreibt, fährt er mit der Zunge unter die Oberlippe.

Bei der Schlachttieruntersuchung ist zu achten auf: Allgemeinbefinden, Nährzustand, sichtbare Veränderungen, Verletzungen, Entzündungen der Haut, der Gliedmaßen und Klauen und bei adulten weiblichen Tieren: des Euters.

Der Lichtkegel schweift über die spitzen Hüftknochen, die tiefen Hungergruben.

«Ich hab nicht genug Futter», platzt es aus Tanner. Der soll nicht denken, er lässt seine Kühe verwahrlosen.

«Können wir sie losbinden und rausgehen?»

Tanner bindet eine nach der anderen los, legt sie an den Strick, führt sie nach draußen.

Dort steht der Rinderschauer mit seinem Klemmbrett und achtet auf Störungen des Bewegungsapparates. Tanner geht mit seinen Kühen

auf und ab wie bei einer
Viehschau. Die Kühe sind
unruhig, sie ziehen zur Weide,
Tanner kann sie kaum bändigen.
Empört schauen sie ihn an, als er sie
zurück in den Stall bringt. Wie alle wieder
drinnen stehen, legt Rentsch ihnen die Hand auf
den Bauch.

Desweiteren ist zu achten auf: erschwerte Atmung, Husten, Schniefen. Er schaut ihnen ins Maul. Muskelzittern oder Muskelzucken, Nasenrümpfen, Flotzmaullecken. Augenausfluss, Nasenausfluss. Durchfall. Starke Ermüdung, übermäßige Erregbarkeit, Überhitzung, Apathie.

Rentsch nimmt eine Tabelle hervor, rechnet herum, nennt ihm einen Preis für alle Tiere.

Es ist weniger, als Tanner erwartet hat.

«Sie wissen ja selbst, die Fleischigkeit liegt tief, auch die Fettklasse. Da hab ich nicht viel Spielraum. Ein bisschen kann ich Ihnen noch entgegenkommen.»

Rentsch nennt einen etwas höheren Preis. Das Angebot gilt für eine Woche, über Verschlechterungen des Gesundheitszustandes der Tiere ist zu berichten. Er händigt ihm einen Durchschlag aus, sie geben sich die Hand. Tanner will sich melden, wenn er sich entschieden hat.

Als Tanner den Strick in den Schopf bringt, fällt

ihm auf: Die Sense steht verkehrt herum in der Wandhalterung, mit dem Schneidblatt nach oben. Er wundert sich, er ist doch einer, der die Geräte immer gewissenhaft an ihren Platz zurückstellt. Er kann das nicht gewesen sein. Der junge Schneebeli vielleicht, der hat seine Sense zwei-, dreimal ausgeliehen, um Ecken auszumähen, in die er nicht reinkommt mit der Maschine. Aber er hat vorher immer anständig gefragt, sie anständig zurückgestellt, mit dem Blatt nach unten. Der wird doch nicht so frech gewesen sein, ohne seine Erlaubnis in seinen Schopf zu schleichen, die Sense zu nehmen und sie verkehrt herum wieder aufzuhängen?

Und wenn ers doch selber gewesen ist? Da müsste er aber schon sehr zerstreut gewesen sein. Tanner nimmt die Sense von der Wand und hängt sie richtig herum wieder auf, mit der Schneide nach unten.

Man kann nur hoffen, dass das nichts zu bedeuten hat.

15

Einladung an alle Stimmbürger und Stimmbürgerinnen zur Gemeindeversammlung Huswil. Der Stimmrechtsausweis in der Beilage ist beim Eingang zum Versammlungslokal abzugeben. Hat bei einem Verhandlungsgegenstand ein Stimmberechtigter ein unmittelbares und persönliches Interesse, weil jene für ihn direkte und genau bestimmte, insbesondere finanzielle Folgen bewirkt, so haben er und sein Ehegatte, seine Eltern sowie seine Kinder mit ihren Ehegatten das Versammlungslokal vor der Abstimmung zu verlassen.

Traktandenliste:

1. Kreditabrechnung Sanierung/Erweiterung Sportplatz
2. Neubau Transformatorenstation *Mühle*, Kabelverstärkung zu den Verteilkabinen *Kreuz* und *Unterdorf*. Baukredit Fr. 280'000

3. Sanierungskredit über Fr. 53'100 zur Behebung einer Hangrutschung auf dem Land von Ernst Tanner jun.
4. Verschiedenes

Marie bindet ihrem Mann die Krawatte, halt doch mal still. Er soll einen guten Eindruck machen. Er kann nicht in Stallhemd und Stiefeln aufkreuzen vor versammelter Gemeinde, die über seinen Kredit abstimmt.

In seinem Schrank hat er einen abgetragenen braunen Anzug gefunden. Keine Ahnung, wann er den zuletzt getragen hat, vermutlich bei irgendeiner Beerdigung. Er hat ein wenig stockig gerochen, Marie hat ihn so lange gebügelt, bis der Geruch verschwunden ist. Der Anzug ist ein wenig zu weit, die Ärmel sind zu lang, aber Tanner ist froh, nicht mehr als Bauer verkleidet zu sein. Als er in den Badspiegel schaut, guckt ihn einer an, den er gar nicht kennt: ein Mann im Anzug, der nicht weiß, wohin mit den Händen. Einfach hängen lassen geht nicht mehr. Und auch sonst weiß er nicht, wie er sich bewegen soll in der ungewohnten Kleidung. Mehrmals erkennt er in spiegelnden Flächen im Haus die undeutliche

Gestalt eines Fremden und erschrickt. Er hält inne, stellt fest, dass er das ist.

Marie ist verwundert, sie lächelt, findet es wohl herzig, wie Tanner sich betrachtet. Natürlich muss er anders gehen in diesem Anzug, er braucht einen Gang, der dazu passt. Es scheint, als müsste er das Gehen neu lernen. Er probiert einige Gangarten aus, von entschlossen aufrecht bis hin zu federnd lässig. Auch für die Hände findet er schließlich einen Platz: in den Taschen des Sakkos.

«Soll ich mitkommen?», fragt Marie.

Tanner ist erstaunt, er hat gedacht, sie würde selbstverständlich mitkommen. Sie fragt, weil sie nicht mitkommen will, sonst würde sie ja nicht fragen.

«Nein, schon gut», grummelt er.

Sie fragt nicht noch einmal.

Auf dem Weg ins Dorf fallen ihm viele Gründe ein, warum es besser ist, Marie nicht dabeizuhaben. Er will sie nicht dem Gerede der Leute aussetzen, und von Anfang an wollte er sie aus den Löchern raushalten. Hat ja gut geklappt! Deswegen ist sie überhaupt erst reingefallen, weil du sie raushalten wolltest.

Von Weitem sieht er Leute warten vor dem Gemeindesaal, und er kann sich denken, was die reden.

«Wer kommt denn da?»

«Ich erkenne jeden Huswiler an seinem Gang, aber der ist mir unbekannt. Muss ein Auswärtiger sein.»

«Ach, es ist der Tanner.»

«Hat sich in Schale geworfen.»

«Der ist ja ein Traktandum heute.»

«Aber allein kommt er, ohne Frau.»

«Die ist wohl wieder mal die Treppe runtergefallen.»

«Ja, die Treppe im Hause Tanner ist gefährlich.»

«Es fällt sich darauf leicht herunter.»

Das Traktandum grüßt die Wartenden knapp, geht in den Gemeindesaal, nimmt Platz in der vordersten Reihe. Nickt der Ammännin zu, die vorn an einem Tisch sitzt, sie nickt zurück. Neben ihr der Gemeindeschreiber am Laptop, bereit, Protokoll zu führen. Nach und nach füllt sich der Saal, nur die Stühle der ersten Reihe bleiben leer. Tanner fühlt die Blicke in seinem Nacken, aber wie sieht das denn aus, sich jetzt umzusetzen.

Die beiden ersten Traktanden werden abgehandelt, die Hände gehen hoch, die Hände gehen runter. Dann gelangt man zum dritten Punkt auf der Liste, die Ammännin liest vom Blatt.

«Ernst Tanner stellt das Gesuch mit der Nummer 238/22. Er ersucht um einen Kredit zur Beseitigung zweier Hangrutsche, welche die Bestellung seines Landes verunmöglichen. Dafür erforderlich wären geschätzte neunhundert Kubikmeter Kies, der Kubikmeter zu neunundfünfzig Franken. Der Kredit soll 53'100 Franken betragen. Allfällige Einwände sind an dieser Stelle vorzubringen.»

Tanner hält den Blick nach vorn gerichtet. Er hört niemanden aufstehen, niemanden das Wort ergreifen. Kann es denn sein? Stehen sie nun alle hinter ihm zusammen, wie die Ammännin es versprochen hat?

Tanner spürt: Jetzt wird alles gut.

«Möchte jemand Zuspruch einbringen?»

Auch jetzt steht niemand auf, auch jetzt spricht niemand. Was hat das zu bedeuten? Offenbar ist der Fall so eindeutig, dass eine Diskussion nicht nötig ist. Nur: Ist es ein eindeutiges Ja oder ein eindeutiges Nein?

Tanner drängt es, sich umzudrehen, in den Gesichtern die Entscheidung abzulesen, doch er beherrscht sich.

«Über dieses Traktandum wird per Handzeichen abgestimmt. Der Auftragsteller hat den Saal für die Abstimmung zu verlassen.»

Tanner regt sich nicht. Gerutsche auf den Stühlen und Geflüster. Die Ammännin sucht seinen Blick, findet ihn nicht: Tanner hat sich verloren.

«Ernst, darf ich bitten?»

Tanner schreckt auf, sammelt sich. Auf dem Weg nach draußen streift sein Blick bekannte Gesichter: die Flury, der Joho, der Amrein, der Vock. Niemand erwidert seinen Blick.

Er tritt nach draußen. Wessen Hände sich jetzt wohl heben und wessen Hände unten bleiben. Er will es nicht wissen. Er will nur wissen, obs reicht. Schließlich kommt der Gemeindeschreiber raus. Es haben sich nicht genug Hände gehoben.

«Wollen Sie noch einmal hereinkommen?»

Tanner schüttelt den Kopf. Blaue Stunde, er geht nachhaus. Alles ist blau: der Kiesweg, die Büsche, der Steintrog. Er wünscht sich fort, auf eine Insel. Jetzt noch packen und morgen ans Meer, eine Insel finden, auf der keine Stiere sterben müssen, und auch keine Kühe, eine Insel, auf der Stiere, Kühe und Menschen friedlich zusammenleben. Und dort eine Weile bleiben, gar nicht ans Zurückkommen denken, oder überhaupt denken.

Im Haus knarrt es leise, Marie öffnet die Tür. Sie nimmt ihn am Arm, er schüttelt den Kopf. Sie umarmen sich, beginnen, sich zu wiegen, es schaut aus, als würden sie langsam, ganz langsam tanzen.

16

Tanner im Dämmer des Stalls, der Kies der Auffahrt knirscht. Der Viehtransporter ist da, mit ihm zwei Männer, Rentsch ist nicht dabei. Die Männer geben dem Tanner die Hand, nennen Namen, die er sich nicht merken will. Er geht voran in den Stall, schaut ein letztes Mal auf seine Mädchen, die Kälber, den Muni. Den ganzen Morgen hat er bei ihnen verbracht, mit ihnen gesprochen, sie gestreichelt, sich verabschiedet.

Er hat Marie verboten, nach unten zu kommen, sie würde den Abschied nicht verkraften, hat er ihr gesagt, aber eigentlich weiß er nicht, ob er selbst ihn verkraftet. Er will nicht, dass Marie ihn so sieht: machtlos und den Tränen nah. Seine Nase läuft, er wischt mit dem Handrücken drüber, es ist Blut.

Er bindet die Fiona los, führt sie am Strick nach draußen. Als sie den Transporter und die fremden Männer sieht, bleibt sie stehen, man kann am Strick ziehen, wie man will: Sie bewegt sich nicht. Tanner redet ihr gut zu, komm, liebe Fiona, komm, streicht über ihren Hals. Seine Stimme bricht. Sie schaut ihn traurig an mit ihren langbewimperten Augen. Wir sehen uns wieder. Irgendwo sehen wir uns wieder.

Die beiden Männer haben keine Geduld: Sie schieben von hinten, als wärs ein Möbelstück, Schritt für Schritt wird die Kuh auf die Ladefläche des Anhängers befördert. Mit der nächsten, der Agnes, geht es leichter, weil sie mit der Fiona befreundet ist und ihr oft folgt. Acht Kühe finden Platz im Anhänger, die Männer fahren los, in einer Stunde wollen sie zurück sein. Dann ist der Anhänger leer, und bei dem Gedanken kann ers nicht mehr halten: Tanners Gesicht verzieht sich, Tränen laufen ihm über die Wangen, es weint ganz von selbst.

Tanner im halbleeren Stall auf der Bank. Legt den Kopf nach hinten ans Gemäuer, damit das Nasenbluten nicht wieder anfängt. Da fällt ihm was ein. Er fingert in seinen Taschen rum, findet, was er gesucht hat: eine Schachtel Streichhölzer. Er streicht eins an, schaut in die auflodernde Flamme, wie sie zu seinen Fingern schleicht, wie das Streichholz verkohlt, wie es sich krümmt. Als es abgebrannt ist, wirft ers in den Mist und steckt noch eins an. In seiner Kindheit hat er gern gezündelt, seine Mutter hat ihn oft ermahnt und ausgerufen: Eines Tages fackelt der Bub uns den Hof ab.

Der Transporter kommt wieder, sie verfrachten die letzten vier Kühe hinein, die beiden Kälber und den Stier. Tanner geht ins Haus, legt sich ins Bett.

Es gibt nichts mehr zu tun.

17

Wie lange willst du liegen bleiben, du Fauler. Wann willst du aufstehen von deinem Schlaf. Der Schlachter trägt eine weiße Schürze und einen Kettenhandschuh, in der Hand ein Messer. Das Messer ist scharf. Bald hat alles ein Ende. Das Bolzenschussgerät wird angesetzt, das Tier zittert wild, es weiß, was folgt. Der Bolzen dringt ins Gehirn ein, es sackt zusammen. An Ketten hängt man den Schlachtkörper auf, man schneidet ihm die Kehle durch, öffnet Luft- und Speiseröhre, um ihn zu entbluten. Der Kopf wird abgetrennt, Blut rinnt aus dem Rumpf in den Abfluss: Das Blut wird verbrannt, das Fell abgezogen, die Beine abgetrennt. Ich heißä Hampel, und ich heißä Strampel. Wie lange willst du liegen bleiben, du Fauler. Gehe hin zur Ameise. Tanner spürt alles an seinem Leib. Die Innereien rutschen auf den Boden, der Mageninhalt wird in eine Schubkarre gekippt. Der Körper wird mittig geteilt, das Fettgewebe von der Muskelmasse getrennt.

Man hat ihm die Zunge rausgeschnitten: Er spricht nicht mehr. Man hat ihn ausgenommen: Er ist hohl. Man hat seine Augenlider entfernt: Er muss alles sehen. Gehe hin, du Fauler, zur Ameise: Obwohl sie keinen Fürsten noch Hauptmann noch Herrscher hat, bereitet sie im Sommer ihr Brot und sammelt in der Erntezeit ihre Speise. Ich bi s'Füessli Tue-nöd-guet. Und ich bi s'Füessli Übermuet. Gönd etz uf es Reisli.

Er beugt sich hoch, warm und staubig ist die Luft im Zimmer. Er will aufstehen, aber er findet sein linkes Bein nicht, auch sein rechtes nicht. Guete Morgä, ihr liebä Beinli. Mühsam muss er alles zusammensuchen, hier liegt ein Arm, da eine Hand, dort ein Fuß. Sein Kopf liegt auf der Kommode. Einen Fuß vor den andern setzen, die Knie beugen, gut machst du das, das nennt sich Gehen.

Der Himmel bewegt sich, dicke Äste schwingen auf und ab. Er kehrt ein in den Staubigen Esel, am Stammtisch vorbei, er wird gegrüßt, besser in die Ecke. Wie willst du was bestellen, du hast doch gar keine Zunge? Ja, jetzt schau mal, wie du was bestellst. Rosaria legt ihm einen Bierdeckel hin, Tanner presst hervor: «Schnaps.» Er stürzt das

Gläschen, sein Adamsapfel springt und fällt, verflucht sei der Acker um deinetwillen. Er hebt das leere Gläschen, nickt Rosaria zu, sie bringt ihm noch eins. Tanner gießt sich Blei in den Schädel, es drückt auf seine Augen, sie wollen platzen.

Drei Gläschen, vier Gläschen. Er lässt den Adamsapfel hüpfen, fünf Gläschen, sechs Gläschen, er färbt sich die Backen rot. Gehe hin, du Fauler. Zweige schlagen gegen die Scheibe, Tanner muss es sehen, er kriegt die Augen nicht mehr zu.

Sieben Gläschen, acht Gläschen. Säcke unter den Augen, rote Backen. Was soll das bringen, hier zu saufen, geh nachhaus, schlaf dich aus, morgen sieht alles anders aus. Tanner bleibt, neun Gläschen, zehn Gläschen, sein Schädel wird schwerer und schwerer. Der Adamsapfel springt und fällt. Gehe hin.

Er zahlt, gibt zu viel Trinkgeld, wankt auf den Dorfplatz hinaus, schaut an der Säule hoch. Warum nicht auf die Säule steigen? Dort oben stehen bleiben bei Wind, bei Regen, bei Sonne, wie einer der alten Heiligen. So würde er seine Schuld tilgen Tag um Tag, und wenn er runtersteigt, klopfen sie ihm auf den Rücken und nehmen ihn wieder unter sich auf.

Tanner macht sich an der Säule zu schaffen, umarmt sie ungelenk, versucht, mit den Schuhen Halt zu finden. Es misslingt, er sinkt zu Boden, bleibt sitzen, die Säule noch im Arm. Als er aufschaut, kommt der Pfarrer aus dem Pfarrhaus, geht über den Platz. Er macht einen weiten Bogen um ihn.

18

In der Stadt schneidet Herr Birchler, Lehrer im Ruhestand, gerade Sellerie für eine Bolognese, als eine Meldung aus dem Radio ihn aufhorchen lässt. Ein Bauer hat zwei Löcher in seinem Land gefunden, ein beantragter Kredit wurde von der Gemeindeversammlung abgelehnt, er musste seine Kühe verkaufen. Herr Birchler war Deutschlehrer, er kennt sich aus mit Geschichten. Er kennt Geschichten, die fröhlich enden oder traurig, und manchmal enden sie auch gar nicht. Er hört die Geschichte über den Bauern und hat ein ungutes Gefühl. Er kennt diese Art von Geschichten. Ist das nicht eine, die traurig endet?

Der Himmel war violett, drückte nach unten auf alle Lebewesen. Die Wolken wuchsen nach oben. Es kam einer, der schwankte schon bedenklich, mal füre, mal hindere, der Himmel drückte, wollte ihn zu Fall bringen. Der Agnes die Kehle aufgeschlitzt und der Fiona, die beliefern jetzt den Fleischmarkt. Er hatte sich Schnaps in den Leib geschüttet, unzählige Gläschen, aber nichts ging besser. Gehe hin, du Fauler, mal ufe, mal abe.

Tanner stieg übers Absperrband, nass sind Schueh und Strümpf, stellte sich ans Loch, stieß derbe Flüche hinein. Pass auf, Tanner, du zeterst zu wild, die Erde hält dich nicht, du wirst doch nicht–

Dank gilt meiner Schwester und meiner Mutter für die landwirtschaftliche Expertise. Auch danke ich Christoph Simon, Severin Sertore und Maria Naynar für ihre bereichernde Kritik.

Lukas Maisel, geboren 1987 in Zürich, machte eine Lehre zum Drucker, bevor er am Literaturinstitut in Biel studierte. Für seinen ersten Roman, *Buch der geträumten Inseln*, erhielt er mehrere Preise, zuletzt den Terra-nova-Preis der Schweizerischen Schillerstiftung. 2022 wurde ihm das Lydia-Eymann-Stipendium zugesprochen.

«Wohl das aufregendste, aber bestimmt das eigensinnigste literarische Debüt dieses Herbstes.» *NZZ* über *Buch der geträumten Inseln*

«Es ist ein Buch wie ein Traum. Vom Traum hat es das Zugleich aus Dichte und Verschwommenheit, emotionalem Gewicht und schweifendem Verlauf.» *Die Zeit* über *Buch der geträumten Inseln*

Lukas Maisel

BUCH DER GETRÄUMTEN INSELN

Ein Schweizer Abenteurer bricht auf zu einer Expedition ins Innere Papua-Neuguineas. Er will das Bindeglied finden zwischen Mensch und Tier. An seiner Seite: Mansur vom Volk der Bugis; am Steuer steht einer, der sich Jonah nennt. Und dann ist da noch Blum, Student der Ethnologie, ein junger Mann mit schwachen Nerven, aber einem ausgeprägten Bewusstsein für korrekte Umgangsformen. Gemeinsam begeben sie sich auf eine Fahrt ins Ungewisse. Mit einem handgeschweißten Käfig auf dem Bug ...

«Piraten, Primaten, Paradiesvögel. Und jede Menge doppelter Böden ... Sie brauchen nicht mehr um die Welt zu fliegen. Lesen Sie einfach dieses Buch.»
MICHELLE STEINBECK

Die Rowohlt Verlage haben sich zu einer nachhaltigen Buchproduktion verpflichtet. Gemeinsam mit unseren Partnern und Lieferanten setzen wir uns für eine klimaneutrale Buchproduktion ein, die den Erwerb von Klimazertifikaten zur Kompensation des CO_2-Ausstoßes einschließt.
www.klimaneutralerverlag.de

FSC
www.fsc.org
MIX
Papier | Fördert gute Waldnutzung
FSC® C083411